JÉRÔME BATOUT

LA REVANCHE DE LA PROVINCE

le débat
Gallimard

À Stan et Eddy,
Baptiste et Kostia,
Achille et Balthazar,
Andréa, Norma et Lucrèce.

Et à travers elles et eux,
À tous les jeunes de province et de Paris.

INTRODUCTION

Province : la marche vers la fierté

LA FIN DE LA HONTE

La province s'est historiquement constituée en négatif. Tout ce qui n'est pas Paris est la province. C'est toujours ce qui lui *manque* par rapport à Paris qui la définit : tantôt les opportunités professionnelles, tantôt la proximité à l'Histoire, le théâtre, la découverte de l'étranger et de l'étrangeté, l'occupation. Pierre Bourdieu, qui avait vécu dans sa chair la « montée » à la capitale, posa les choses sans détour : « la province peut être définie par la distance économique et sociale (et non géographique) au *centre*, c'est-à-dire par la privation du capital (matériel et symbolique) que concentre la capitale ».

Que ce soit dans l'imaginaire, dans les discussions de salon ou dans les arts, ce décalage de la vie en province a longtemps été moqué, parfois méprisé, comme synonyme d'ennui, d'enfermement, d'enterrement même. Ne disait-on pas jusqu'à récemment : « Il est allé s'enterrer en province » ? Mauriac, qui entretient pourtant un rapport complexe, tendre – et à certains égards extraordinairement actuel – à Bordeaux, dont il est originaire, écrit en 1926 que « la province est en retard d'un demi-siècle ». Retard, ennui, souffrance.

Mais cette définition en négatif de la province révélait déjà son propre dépassement, son propre débordement. L'hétérogénéité de territoires (métropoles, petites villes, campagnes, etc.) qui ne se réclament pas d'elle d'emblée – comme les Outre-mer – qui la contiennent pourtant. Le regroupement de tout ce petit monde dans « la province » a lentement créé une unité symbolique et un *potentiel* d'affirmation très puissant. Paris a souvent cherché à troubler cette unité, en créant des alliances de circonstance avec la campagne contre les petites villes à la sortie de la Révolution française, ou avec les grandes villes dans les premières phases de métropolisation de l'ère industrielle. Mais le mouvement est désormais bien enclenché : la province fait enfin bloc et cesse d'avoir honte. Le « provincial montant à Paris » et n'ayant pas les codes ressent peu à peu une nouvelle *fierté* provinciale.

On doit celle-ci à une multitude d'initiatives, d'expérimentations et d'affirmations de singularités provinciales. Des personnalités politiques, maires ou présidents de région, se sont battues, dans l'ombre, pour attirer les fonds européens, les investissements des entreprises étrangères, et pour convertir leur tissu industriel. Des entrepreneurs, des associations, des groupes de citoyens ont réinventé leur façon de travailler, de redistribuer, de produire pour répondre aux nouvelles aspirations. Des agriculteurs ont pris à leur compte les mouvements écologistes pour développer une alternative bio crédible et redonner tout son sens à une vie à la campagne. Des artistes et des créateurs ont pour la première fois fait de la province un terrain de projection et d'idéal : le couturier Jacquemus fait, par exemple, défiler fièrement de jeunes Marseillais dans les Calanques,

JR affiche les portraits de provinciaux en 4 m × 3 m sur les murs de villages désindustrialisés. Et ce sont ainsi les représentations populaires de la province qui changent : en se réappropriant son territoire, elle démontre sa résilience, et affiche sa revanche. Dans le réel, elle ne s'est pas encore extirpée du bourbier : les taux de chômage y sont globalement plus élevés qu'à Paris, les services publics moins accessibles, les petits commerces moins nombreux.

Mais, sur le plan de l'imaginaire, la revanche est déjà en marche. Au cinéma, la province était en 1943 un théâtre de médiocrité et de dénonciation dans *Le Corbeau* de Clouzot, et dans un autre registre, cinquante ans plus tard, une victime assez pathétique de la société de consommation dans *Les Visiteurs.* Le tournant de la fierté intervient sans doute avec l'immense succès de *Bienvenue chez les Ch'tis* en 2008 : à travers ce film et le Nord, c'est toute la province qui revendique ses décalages, ses accents, sa singularité, et en fait pour la première fois un objet de *pride*. La libération de ces complexes révèle du même coup son potentiel esthétique lorsque Kechiche tourne à Sète, Klapisch en Bourgogne, ou même Wes Anderson à Angoulême.

L'ÉVÉNEMENT RÉVÉLATEUR : LA PANDÉMIE

Il fallait sans doute un événement pour mettre en évidence ce basculement silencieux, associé à une myriade de signes discrets. Cet événement a été offert par la crise Covid, c'est par elle que s'est dévoilée la *réévaluation* de la province française. La province, qui avait presque disparu du langage – remplacée par les « territoires », le « local » ou les « périphéries », selon les affinités politiques – mais pas des imaginaires, surgissait de nouveau, en bloc et avec tous ses atouts, au milieu d'une crise qui affectait le style de vie de la capitale. Mais le mouvement me paraissait beaucoup plus profond que cela. Une année passée à sillonner la France, pendant les périodes où cela fut possible, devait me le confirmer.

La revanche de la province n'a rien à voir avec l'exode urbain des huit cent mille Parisiens pendant les confinements des deux dernières années. Encore moins avec l'aspiration pour des week-ends ou des villégiatures champêtres à laquelle se sont fait une spécialité de répondre, selon les portefeuilles, les magazines *Aujourd'hui en France*, *Vogue* ou le supplément *« How to Spend it »* du *Financial Times*. À vrai dire, cette mode de la « mise au vert » est presque ininterrompue depuis les excursions provinciales de Mme de Sévigné et a plutôt tendance à perpétuer un rapport de domination de Paris sur la province.

La revanche ne constitue pas non plus une vengeance de la province contre Paris. Le mépris du provincial qui transpire du *Tartuffe* de Molière, qui est décrit tragiquement par Balzac dans *Illusions perdues*, et même ironiquement par Houellebecq dans *Sérotonine* en 2019 (« Niort, l'une des villes les plus laides qu'il m'ait été donné de voir »), a longtemps enfermé la province dans un anti-parisianisme primaire. Les archives de l'INA regorgent de ces affrontements émotionnels entre Parisiens et provinciaux. C'est justement en s'émancipant de ce duel, de ce rapport de force avec la capitale, que la province crée sa propre voie.

Enfin, la revanche n'est pas encore un rattrapage, ou un rééquilibrage orchestré par Paris à coups de « phases de décentralisation ». La macrocéphalie culturelle, économique et politique parisienne reste prégnante. L'appel à l'action lancé par Jean-François Gravier en 1947 dans son célèbre *Paris et le désert français* n'a été suivi que de façon limitée. Cela l'a d'ailleurs conduit à publier de nouvelles éditions de ce livre en 1958 puis en 1972. Sans le succès escompté. Et force est de constater que la France profonde n'a pas encore repris l'avantage en 2022.

La revanche de la province est une révolution lente mais certaine de l'état d'esprit provincial, qui peu à peu prend conscience de lui-même, abandonne ses complexes et sa dépendance à l'égard de Paris. C'est l'avènement d'une province qui cesse de se comparer à Paris et se donne enfin les moyens d'écrire une histoire qui lui est propre – et qui ne fait que commencer. Et pourtant, si l'on se replace dans les années 1990, c'était très mal parti.

UNE MONDIALISATION PROVINCIALISATRICE

Depuis le début des années 1980 – et de façon accélérée depuis 1990 –, la mondialisation a transformé les hiérarchies à l'échelle planétaire. Elle a aussi remodelé entièrement le territoire français. Parmi tous les effets néfastes qu'elle a eus sur la province française, en particulier ces trente dernières années, il existe peut-être une conséquence positive : la mondialisation a rebattu les cartes du rapport entre Paris et la province.

Avec l'avènement des nouvelles technologies, un idéal de style de vie s'est imposé comme majoritaire à l'échelle mondiale : le *californian way of life*. Provincial dans son essence, il se situe aux antipodes du caractère parisien : décontraction vestimentaire, centralité du sport, consommation culturelle numérisée. En France, ce style de vie a offert un regain d'intérêt pour l'équilibre entre la vie professionnelle et la vie personnelle que facilite la technologie et qu'offre la province – le télétravail l'accentuera sans doute significativement.

Ensuite, en faisant reculer la France parmi les grandes puissances mondiales – la crise des sous-marins à l'automne 2021 en est le dernier symptôme en date –, la mondialisation a relégué Paris en dehors du tout petit nombre des vraies capitales du monde. Sur le plan démographique, Paris, comme toute la France, touche à ses limites ; sur le plan économique, la domination américaine et chinoise est presque sans partage ; même sur le plan culturel, le cœur du marché de l'art contemporain se situe à Bâle ou à Miami, et la scène intellectuelle parisienne a perdu de sa superbe. En bref, Paris s'est provincialisé, et c'est dur pour lui.

La crise d'identité qui en a découlé est une des explications d'un retournement majeur dans la relation entre Paris et la province. Au tournant des années 1980, Paris a *trahi* la province et joué la mondialisation contre elle. Il a fait le pari du luxe, du tourisme et du tertiaire, contre l'industrie et le monde agricole. Les chiffres sont connus : le pays s'est désindustrialisé, vidé d'une partie de ses services publics de proximité, et globalement paupérisé. La crise financière de 2008 a renforcé ce processus. En somme, Paris a cessé d'alimenter la province et d'être alimenté par elle – on se rend compte aujourd'hui des conséquences. Avec la mondialisation, Paris a largué la province, comme on largue un vieil amant.

LA PROVINCE, SANS ESPRIT DE REVANCHE

D'un point de vue objectif et quantitatif, la revanche de la province est encore loin d'être évidente. Mais, du point de vue de la dynamique, elle est d'ores et déjà un fait certain. Larguée par Paris, la province a fait de cette solitude et de cet abandon la force motrice de sa revanche. À l'instar de ce que devait réussir la classe ouvrière selon Marx pour parvenir à la révolution prolétarienne, la province a peu à peu pris conscience d'elle-même dans les eaux glacées de la mondialisation.

D'abord sous la contrainte, puisque abandonnée par Paris, elle a définitivement tourné la page d'un rapport conflictuel, et donc charnel, émotionnel, avec Paris. Désormais la volonté provinciale s'est émancipée de Paris, elle a acté le divorce, et pris son indépendance. Elle se définit par elle-même et pour elle-même, dans un espace mondialisé où elle a de nouveaux atouts par rapport à Paris : pour produire son énergie, pour s'assurer une alimentation de qualité et de proximité, mais aussi pour accueillir les touristes, les *digital nomads*, les start-ups utilisant la 5G ou les usines des plans de réindustrialisation qui se profilent. Le rapport qu'elle entretient avec Paris est désormais beaucoup plus utilitariste, et donc rationnel : elle continue à y envoyer étudier certains de ses enfants, à y lever des fonds, à s'y rendre pour un week-end en amoureux, et à venir y exprimer son mécontentement. Mais cette fois-ci sans complexes, toujours pour son propre bénéfice.

Cette revanche de la province est d'autant plus désarmante pour Paris qu'elle se produit sans ressentiment, sans « esprit de revanche ». Alors que Paris semble nostalgique de ce rapport de domination sur son ex, la province est passée à autre chose. Sous bien des aspects, cette revanche est, au meilleur sens du terme, provinciale : tranquille et simple, mais aussi ardente et déterminée.

Cet essai a pour objectif de signaler et d'étudier cette révolution silencieuse, qui ouvre une période inédite pour la province française, jusques et y compris la province ultramarine. J'ai voulu mettre à profit quelques mois de ma vie pour vérifier cette intuition. Discrètement, la province française est en train de prendre sa *revanche*. Bien sûr, elle part de très loin : les Français que j'ai rencontrés n'ont pas manqué de me le rappeler. Mais, dans les esprits, le coup est parti et rien, je crois, n'arrêtera la revanche de la province.

Avril 2022.

1

Comment Paris a largué la province !

Trente ans. C'est le temps qui s'est écoulé entre le début de la mondialisation signalé par la chute du Mur et l'éclatement de la crise des Gilets jaunes. Trente ans entre l'ivresse d'une mondialisation vécue par Paris comme sa dernière chance de reconquérir un statut de capitale mondiale, et la migraine du retour à la réalité. Voilà que la province, pourtant presque reniée et presque niée, se rappelle à Paris. L'arrière-pays met soudain sous le nez parisien, et même en pleine figure quand on songe à la violence de certaines manifestations, sa *trahison*. Lancé à toute vitesse vers un « monde d'après » qu'il croyait forcément mondialisé et délesté de ses racines territoriales, Paris a largué au tout début des années 1990 la province qui l'avait si longtemps nourri, habillé, chauffé.

Presque du jour au lendemain, Paris est parti sans donner de nouvelles. Il l'a fait consciemment, croyant trouver son salut ou de meilleurs alliés ailleurs, en fermant les usines qu'il possédait en province, en délocalisant leurs emplois, en « rationalisant » le nombre de lignes TER ou de classes élémentaires. Paris a oublié la province. Ou, plus précisément, il a fait mine de l'oublier. L'abandon parisien de la province était tout à fait volontaire. On l'a expliqué à coups d'« avantages compétitifs » inéluctables. On l'a rendu désirable à force de « mondialisation heureuse » et de « village global ». Et, finalement, on a opéré cet abandon « nécessaire, inévitable ». Les cartes de désindustrialisation du pays, que nous connaissons tous désormais tant la presse a fini par s'en émouvoir, n'en sont que le plus cinglant témoin.

Le moins que l'on puisse dire, c'est que ce largage de la province en rase campagne a fait des dégâts. Avant tout pour elle-même. Ce diagnostic est bien connu, il a été parfaitement réalisé par d'autres avant moi. D'abord et peut-être surtout, dans une perspective historique, cette trahison de la province par la capitale, qui demeure non dite à bien des égards, est une des causes profondes du « Malheur français » identifié par Marcel Gauchet. Sur le plan statistique et sociologique, il faut renvoyer au travail de Jérôme Fourquet, qui analyse les divergences de styles de vie, d'aspirations et d'avenirs économiques des différentes îles de l'« Archipel français ». Sous le prisme géographique enfin, à celui de Christophe Guilluy, qui alerte sur l'émergence depuis 1990 d'une « France périphérique » de plus en plus éloignée des centres reliés à la mondialisation, et dans laquelle les services publics se raréfient, l'accès aux soins et au marché du travail est de plus en plus difficile.

Mais les conséquences du largage ont dépassé les frontières provinciales : trente ans après, Paris les ressent à son tour. Désormais dépourvu d'un tissu industriel solide en province, il ne rivalise plus avec les grandes puissances économiques, ni même avec le voisin allemand. La capitale est prise à son propre piège : le largage, qu'elle envisageait comme un délestage, se révèle être une perte de consistance. Les deux années de crise du Covid-19 en ont été le révélateur le plus criant. Les pénuries de masques ou de matériel médical ont joué un rôle majeur dans la revalorisation toute récente de l'industrie. Le remplissage rapide des hôpitaux a souligné le désinvestissement dans l'hôpital public qui courait depuis des décennies. Et les séjours de certains Parisiens en province, ne serait-ce que le temps d'un confinement, leur ont au moins permis de constater les dégâts de trente années de largage. Bien obligé de s'intéresser de nouveau à la province, où se trouvait son salut économique, stratégique, sanitaire dans un monde brusquement barricadé, Paris a redécouvert l'ampleur de sa dépendance envers son arrière-pays.

L'invasion russe de l'Ukraine au mois de février 2022, comme un rappel à l'ordre du tragique après l'illusion d'une « fin de l'histoire », met un terme encore plus définitif à une parenthèse naïve. La mondialisation à outrance n'a jamais délesté la capitale de sa dépendance face à la province : elle l'a remplacée par une dépendance alimentaire, industrielle, énergétique vis-à-vis de pays que l'on redécouvre seulement aujourd'hui, tantôt lointains, tantôt hostiles.

UN VIEUX COUPLE : PARIS ET LA PROVINCE

Prenons un peu de champ. Historiquement, la domination parisienne reposait sur une conscience aiguë de sa faiblesse. Paris savait qu'il devait tout à la province. De ses talents littéraires et politiques à sa richesse industrielle, en passant par sa souveraineté alimentaire, la province a fait Paris. Mauriac le dit de façon limpide dans son essai sur *La Province* : « La province recrée sans cesse Paris par une transfusion de sang ininterrompue et dont elle fait tous les frais. En retour, Paris agit sur elle, lui impose ce qu'il a de pire et non ce en quoi il excelle. » Tel a longtemps été le drame provincial : être pris de haut par une capitale qu'elle faisait et qui la défaisait. Mais c'est un sort qu'elle a accepté. Si ce n'était le rôle le plus valorisant ni même le rôle principal, la province savait au moins qu'elle prenait part au destin de Paris et du pays. Plus encore, elle savait que son rôle secondaire était néanmoins indispensable à la puissance et au rayonnement parisien. Si bien que, longtemps, la domination de Paris sur sa province n'a eu d'égal que sa dépendance envers cette dernière.

À commencer par la première des dépendances : la dépendance alimentaire. La province est la terre nourricière de Paris. Au XVIIe siècle, Sully avait mis les choses au point. Le surintendant des finances d'Henri IV, qui théorise le premier, avant Richelieu et Colbert, une politique économique nationale, écrit : « Labourage et pâturage sont les deux mamelles dont la France est alimentée, les vraies mines et trésors du Pérou. » Avec 80 % des dix-huit millions de Français qui sont alors paysans, c'était factuellement indiscutable à l'époque. Mais c'est sur le terrain symbolique que l'affirmation de Sully est la plus puissante. Elle ancre, dès les premières heures de l'installation de la capitale à Paris, le fait que celle-ci restera vulnérable sans son arrière-pays. Au-delà de la question alimentaire, c'est toute la projection économique, politique et culturelle de Paris sur le monde qui dépend vitalement de son lien avec l'agriculture et l'artisanat de province. Même si la noblesse dépense sa richesse à Paris, celle-ci est produite en province : dans *Eugénie Grandet*, c'est bien Charles Grandet, le fils du négociant parisien en faillite, qui vient désespérément quémander les ressources de son cousin Félix, riche maître tonnelier de Saumur.

Discrètement, Sully introduit aussi une distinction fondamentale entre la France et les autres empires, d'emblée tournés vers la mer. Le royaume d'Espagne est celui qui tire sa richesse du commerce international, vers l'Amérique latine en particulier – ses « vraies mines et trésors du Pérou ». C'est une ligne de démarcation majeure entre Paris et les autres grandes villes mondiales, du XVIIe siècle à nos jours : Paris n'est pas un port. Venise, Amsterdam, Londres puis New York, Shanghai, Singapour : toutes ces villes sont construites sur l'exploitation d'une interface, d'abord portuaire, avec le reste du monde. Elles n'ont pas besoin de produire puisqu'elles vivent de l'échange, elles n'ont pas besoin d'industrie puisqu'elles ont le commerce et la finance. Les ports du royaume d'Espagne comme New York se suffisent à eux-mêmes, ils sont des lieux de transit, de passage pour les marchands, de culbute pour les financiers. Paris n'a jamais eu cet atout : la Seine n'est qu'un « ruisseau minable » pour Michel Houellebecq. Géographiquement et donc économiquement, Paris n'est pas une île : son destin est lié à son arrière-pays et dépendant de lui. De son développement industriel, agricole, démographique. Même pendant la révolution industrielle de la fin du XIXe siècle, où l'Île-de-France est un des foyers principaux de création d'usines, ce lien ne rompt pas : les chaînes de production, encore très largement françaises, commencent en province avec les matières premières et finissent aux portes de Paris pour l'assemblage. Autrement dit, les tâches les plus valorisantes sont à Paris, certes, mais elles ne se détachent jamais du travail fait en province.

Toutefois, cette dépendance parisienne envers la province est peut-être encore plus frappante lorsqu'on quitte le champ économique pour s'intéresser aux individus. Sur le plan purement démographique, les chiffres parlent d'eux-mêmes. Jusqu'à la Libération au moins, Paris est sous perfusion provinciale. Souffrant d'un fort déficit de fécondité, ce n'est que son solde migratoire par rapport au reste du pays qui maintient la capitale à flot : et qui lui fait même gagner des habitants par rapport à la province à mesure que l'exode rural et l'urbanisation s'accélèrent. Des générations entières arrivent, jeunes adultes à la capitale, pour y faire carrière et construire la vie que la province ne leur offre pas. Cette « montée des provinciaux à la capitale » est sans doute la conséquence géographique de l'idéal méritocratique qui traverse la IIIe République. En gros, les provinciaux arrivent jeunes à Paris pour y faire les études qu'ils ne peuvent réaliser chez eux – au début du XIXe siècle, 92 % des étudiants parisiens sont d'origine provinciale ! Quels que soient les parcours de vie, une chose est sûre, Paris déborde de provinciaux.

Paris déborde aussi de leur talent. Depuis le début, et c'est également le charme du rapport de domination qui traverse cette relation « Paris-province », la capitale a pris soin d'absorber et de s'approprier ces talents provinciaux – allant jusqu'à « panthéoniser » les plus illustres au cœur de son Quartier latin. Si bien qu'on peut se demander si l'influence mondiale de Paris est bien… parisienne ? Ou si, en trompe l'œil, elle ne serait pas dérobée à la province française ? N'importe quel « Top 3 » des plus grands personnages historiques français donne, dans l'ordre : Napoléon Bonaparte, Jeanne d'Arc et René Descartes. Le génie stratégique corse, la résistante originaire de Lorraine, et l'inventeur du raisonnement à la française né en Touraine. Leur destin les a menés à Paris, au cours de leur vie ou par une forme d'appropriation posthume, qui a su les propulser et en faire son emblème. Ajoutons, au XXe siècle, Charles de Gaulle, le Lillois qui échappait pendant des jours aux médias parisiens pour filer à Colombey. Sans oublier, cela va de soi, Zinédine Zidane, le technicien marseillais que Paris, à défaut de pouvoir le faire entrer au Panthéon, a choisi d'afficher un soir de juillet 1998 sur son Arc de Triomphe en signe de reconnaissance. Arc de Triomphe dont la construction fut ordonnée par Napoléon Bonaparte et qui se trouve place Charles de Gaulle. La boucle est bouclée.

Jusqu'au tournant de la mondialisation, la relation de Paris avec la province est charnelle. La domination économique et sociale est là. Chez Proust, la société de province à Combray n'est qu'une version détériorée du « vrai monde » que l'on retrouve à Paris, qu'il soit noble ou bourgeois. Les sièges des grandes entreprises, de la sidérurgie à l'automobile, sont presque tous en région parisienne. Mais, chaque fois, demeure une *continuité* entre Paris et sa province. Un trait d'union jamais brisé. Parce que la province, nourrissant Paris sur le plan économique ou alimentaire, prend symboliquement part à sa réussite et à son rayonnement. Parce que, aussi, la province reste intimement convaincue que ses meilleurs éléments – du Lucien de Rubempré de Balzac à notre Gérard Depardieu bien réel – favoriseront, voire feront, le temps d'un instant, le rayonnement de la Ville lumière. Dans tous les cas, parce que la domination parisienne ne dissimule que très mal un rapport, en réalité, d'extrême dépendance à l'égard de la province. Paris avait des fondations. Et ces fondations, c'était la province.

PARIS LARGUE LA PROVINCE ET LUI PRÉFÈRE LE MONDE

La mondialisation a fait vaciller cet équilibre. D'abord parce qu'elle a remis largement en question le rayonnement de Paris. Il faut se rendre compte de sa chute. Dans les années 1920, Paris est encore la capitale du monde, sur les plans culturel, politique, et même économique. Indiscutablement. C'est la ville de l'avant-garde artistique, de la fête pour les riches du monde entier, Proust est un demi-dieu littéraire, la gastronomie française est à son plus haut niveau de raffinement, et le destin d'une bonne partie de l'Europe à la suite de la Première Guerre mondiale se joue à Paris pendant le Congrès de Versailles. C'est sans doute un niveau de rayonnement qui ne sera plus jamais atteint par aucune autre ville, et qui n'a été connu historiquement que par Rome – seule ville à laquelle d'ailleurs Paris a accepté d'être jumelé (et *vice versa*). Seulement voilà, le rêve a atteint ses limites. Après la Seconde Guerre mondiale, la puissance bascule manifestement vers les États-Unis, et Paris, avec Londres, est peu à peu remis en question sur tous les plans.

Cette tendance s'accélère au rythme de la mondialisation. Si bien qu'au tournant des années 1990 Paris ne sait plus très bien quelle est sa place à l'échelle mondiale. Londres prend la tête financière de l'Europe, New York celle du monde entier : les banques d'affaires anglo-saxonnes écrasent les banques parisiennes. Les artistes Jean-Michel Basquiat et Louise Bourgeois préfèrent New York à Paris. L'avantage technologique mythifié du Minitel pour Paris s'est vite perdu au profit de Seattle (Microsoft, Amazon) et de San Francisco (Google, Apple, Facebook, etc.). L'arrivée de Reagan au pouvoir aux États-Unis isole la France « non alignée », tandis que le pivotage asiatique s'opère déjà. Même au cinéma, Paris n'a pas tout à fait trouvé de successeurs à la Nouvelle Vague, et l'industrie est plus que jamais dominée par Hollywood. En cédant progressivement ce terrain, Paris perd les attributs de la capitale mondiale. Mais sans jamais vraiment abandonner son rêve de grandeur.

C'est face à ce constat qu'il juge insupportable que Paris change de stratégie. Tout commence dès le début de la Ve République, lorsque le gouvernement de Charles de Gaulle définit une nouvelle politique d'aménagement du territoire. Comme l'avait entamé la IVe République, le poétique « Schéma directeur d'aménagement et d'urbanisme de la région parisienne » de 1965 cherche à pousser l'industrie hors de la région parisienne. Mais, en une décennie, l'objectif sous-jacent a changé : alors que les plans de la IVe République visaient à désengorger Paris pour rééquilibrer le territoire, la Ve République cherche surtout à faire de la place. Faire de la place pour une série d'activités plus rentables, plus décisionnelles. Le schéma est clair : ce seront les affaires, les services à Paris – dans le triangle d'or ou le nouveau quartier de La Défense –, l'industrie en province. Si cet heureux partage des tâches a plutôt fonctionné économiquement pendant les Trente Glorieuses, il a néanmoins introduit quelque chose de nouveau : une *discontinuité* entre Paris et la province. À ce stade, Paris n'a pas encore coupé les ponts avec sa province, mais l'entremêlement du destin économique de l'une avec celui de l'autre s'amenuise. Au tournant des années 1990, la domination de Paris dans le monde est sapée, et sa dépendance face à la province s'estompe. Ce couple Paris-province, que l'on a connu pendant des siècles inséparable, alternant entre attraction et répulsion, bat cette fois-ci vraiment de l'aile.

Il ne lui manque plus qu'un choc pour rompre définitivement. Comme en bien des domaines, ce choc est venu, au début des années 1990, d'une incroyable accélération des flux financiers, commerciaux, culturels à l'échelle planétaire : la mondialisation. Et Paris, comme nulle autre ville européenne, a vu dans cette révolution économique sa planche de salut. La dernière porte par laquelle il pourrait retrouver son statut perdu de « Ville lumière ». Persuadé que ses ailes de géant l'empêchent de voler, Paris choisit donc de se délester de tout ce qui lui coûte trop cher. À commencer par une industrie trop peu compétitive. Une industrie que la ville avait elle-même déportée volontairement en province vingt ans plus tôt, mais dont la productivité et le rapport efficacité / coût ne rivalisent pas avec les zones franches chinoises. La spécialisation du territoire – les affaires à Paris, l'industrie et l'agriculture en province – laisse désormais place à une sécession géographique. C'est le *grand largage* de la province par la capitale : Paris va plus loin que la discontinuité et décide de trahir en abandonnant son arrière-pays.

Le basculement est d'autant plus radical qu'il est parfaitement conscient de la part de Paris. Les voix qui s'élèvent à l'époque contre cet abandon de l'industrie et de la province par Paris sont très peu nombreuses. On ironise : « La France sera-t-elle le mauvais élève de la modernité ? » Et c'est vrai, après tout : pourquoi ne pas se simplifier la vie en faisant le pari de la « mondialisation heureuse » ? D'autant que la promesse crée un étrange accord entre les libéraux et une partie de la gauche en France, puisque la mondialisation est aussi celle qui pourra libérer les classes populaires du travail industriel : ce fut le cas, mais elle a aussi écarté une partie du monde du travail, tout court. C'est toujours difficile à croire trente ans après, alors que nous n'avons plus que le mot de « réindustrialisation » à la bouche – sans le questionner plus que l'idée de mondialisation à l'époque. Mais le constat est sans appel : vers 1990, la capitale, avec le consentement tacite d'une province crédule, décide délibérément de larguer son industrie provinciale. Tandis que le monde entier est devenu une province potentielle où implanter ses usines et vendre ses services, Paris choisit les bas coûts des provinces asiatiques, nord-africaines ou est-européennes. Et les remplace peu à peu par une « industrie des loisirs ». Quinze jours de l'année 1992 sont à cet égard symptomatiques de ce renversement. Fin mars, l'usine de Renault-Billancourt en banlieue parisienne ferme ses portes (signe que le largage concerne aussi la banlieue de Paris et l'Île-de-France) ; le 12 avril, Euro-Disney ouvre ses portes de l'autre côté de la capitale, à Marne-la-Vallée. Paris se détache ainsi de ses encombrantes fondations provinciales, et se lance seul à la reconquête de son statut de ville mondiale, avec tous ses attributs : la place financière, les centres commerciaux, les parcs à thèmes, la flambée du luxe.

Le mouvement est extrêmement rapide. Et ses conséquences politiques et économiques se font immédiatement sentir. Ce n'est pas pour des raisons étrangères au largage de la province par Paris que Jacques Chirac gagne, en 1995, l'élection présidentielle sur le thème de la « fracture sociale », et l'emporte sur Édouard Balladur, représentant s'il en est du parisianisme. Cette fracture est d'abord territoriale, et elle est béante. En dix ans à peine, la solidarité de destin qui existait, malgré toutes les inimitiés ou les jeux de domination, entre Paris et la province s'est brisée. Les fondations se transforment en périphéries. La continuité qui unissait la capitale à la province, sur le plan économique et politique, ne donne plus qu'à voir un pont brisé.

Et c'est là une des sources majeures du Malheur français que Marcel Gauchet a identifié et analysé à deux reprises. Ce choc initial des années 1990, ce grand largage, est à l'origine d'une vraie traversée du désert pour la province française. Alors que les technologies de la communication la relient mieux qu'auparavant au reste du monde, jamais la province française ne se sera sentie aussi « profonde », aussi « périphérique », aussi « déclassée » qu'à son entrée dans le XXIe siècle.

C'est cette brutale décomposition d'une province abandonnée que Nicolas Mathieu a décrite remarquablement dans son roman récompensé par le prix Goncourt en 2018, *Leurs enfants après eux*. En s'inspirant de l'histoire d'Hayange, en Moselle, il dresse une fresque de la désindustrialisation, de la désertification des services publics et du tarissement des horizons de la jeunesse provinciale. Et, en effet, à l'échelle du pays, les exemples emblématiques ne manquent pas. Les délocalisations vont même en s'accélérant à partir des années 2000 : de la liquidation de la fonderie Metaleurop de Courcelles-lès-Lens en 2003, qui a produit jusqu'à 130 000 tonnes de plomb, 100 000 de zinc et 250 000 d'acide sulfurique par an, à la suppression en 2021 de presque 900 emplois par Continental. Les fermetures de classes dans les écoles touchent en premier lieu la province, et en particulier les régions où les usines ferment le plus brutalement, et que les gens quittent à la recherche d'un nouvel emploi. Les tribunaux ont souvent déserté les sous-préfectures, alors que les faits de délinquance progressent.

Pourtant, ce largage et cette fracture territoriale étaient-ils inéluctables ? Un peu de recul européen sur les trente dernières années prouve le contraire. Les choix faits par des pays ou des régions voisines de la France le montrent.

L'Allemagne ou le nord de l'Italie ont gardé des tissus industriels très forts, respectivement dans l'industrie automobile et dans l'industrie textile en particulier. Personne ne sera surpris que ce soient là deux pays où le concept même de capitale et de province est peu pertinent : la tradition fédérale allemande est très forte, et la force des villes italiennes est en place depuis la fin de l'Empire romain. Au contraire, dans les pays dominés par une capitale omnipotente, n'ayant jamais vraiment abandonné le rêve de redevenir la plus grande ville du monde, à l'instar de Paris ou de Londres, la mondialisation s'est souvent jouée contre la province. Voir *Billy Elliot* (2000) ou lire Nicolas Mathieu produit à cet égard un effet similaire : la violence de l'abandon, mais aussi, déjà, la possibilité d'une résilience…

Cependant, c'est encore sur le plan symbolique, et donc politique, que ce grand abandon parisien est le plus puissant. En tentant l'aventure seul à partir de 1990, Paris nie la dépendance historique qui le lie à la province, et s'échappe – lâchement – de la rivalité affectueuse, charnelle et si féconde qui les unissait. Paris a refusé la dialectique, l'équilibre. Les conséquences immédiates sont pour la province : elle perd tout à coup son droit de regard et son appartenance au grand destin parisien. La province est utile mais plus du tout essentielle sur le plan alimentaire, elle ne tient qu'une part marginale dans la production textile pour l'industrie du luxe – nouveau leitmotiv de la réussite parisienne –, ses usines n'alimentent plus les grands groupes qui prospèrent à La Défense, et même la mobilité sociale de ses enfants stagne largement. Plus encore, la province n'est même plus tout à fait maîtresse de son propre destin. Le film-documentaire *Merci patron !* (2016) de François Ruffin, si l'on peut en contester certains aspects, reste empreint d'un réalisme implacable sur cette désorientation. En somme, dans les imaginaires, la province a été remplacée, laissée au placard. À force de vouloir rester la Ville lumière, Paris a plongé la province dans le noir, et bientôt aussi lui-même.

PARIS PRIS À SON PROPRE PIÈGE

Seulement voilà, Paris est en train de se réveiller de cette folle aventure solitaire. Plutôt groggy d'ailleurs. Après un Brexit qui avait surpris les Londoniens en 2016, ce sont, en l'espace de trois années à peine, deux événements qui ont soudainement confronté Paris aux limites de son abandon. Avec les Gilets jaunes, puis la crise Covid, tout le monde a enfin pris conscience que la province avait été laissée orpheline et que sa valeur avait été oubliée.

D'abord, c'est le choc, la surprise. Octobre 2018, le mouvement des Gilets jaunes éclate et dure quasiment jusqu'en mars 2020. Cette crise marque sans doute la révolte d'une province qui a pris conscience de son abandon. C'est le cri d'une France répudiée qui se sent dans un premier temps condamnée à décliner, à être sacrifiée. C'est ensuite la demande d'un retour dans le destin français. La province souhaite qu'on la voie – le Gilet jaune, qui vient briser la « nuit » dans laquelle elle est plongée par Paris, n'y est sans doute pas étranger – et qu'on lui redonne une voix. Il est d'ailleurs marquant de constater que la seule revendication ayant fait l'unanimité dans ce mouvement disparate, auquel à peu près toutes les causes ont fini par se greffer, est celle d'un « RIC », ou référendum d'initiative citoyenne. Les Gilets jaunes, c'est la révélation de la trahison de la province au monde entier. À commencer par les Parisiens eux-mêmes, qui passent par la surprise, l'incompréhension, la maladresse et les grands moyens pour canaliser ce mouvement.

Après la surprise, peu de temps s'écoule avant que l'on voie émerger le second révélateur : l'urgence dans la crise Covid. La grande promesse d'une mondialisation heureuse et d'une capitale mondiale ne tient plus. Alors que nos voisins les plus prudents, à commencer par l'Allemagne, font rapidement preuve de résilience en produisant masques et respirateurs, Paris est aux abois. Comment faire sans stocks et sans industrie ? Comment faire sans province ? Heureusement que quelques usines au bord du chaos (si ce n'est franchement fermées depuis plusieurs années), à Amiens et ailleurs, savent encore coudre pour produire des masques. Heureusement aussi que cette province accueille sans ressentiment les milliers de Parisiens fuyant une ville trop dense au cœur de la pandémie. Pendant quelques mois, la dépendance envers la province redevient palpable et totale.

D'abord réveillé par le mouvement des Gilets jaunes, Paris est mis face à ses contradictions et trahisons par la crise Covid. C'est la gueule de bois qui succède à l'ivresse du déracinement. En dix-huit mois, Paris a marqué le coup et compris qu'il doit reprendre pied dans la province. Que, plus que jamais, il faut resolidariser son destin à celui de la province. Pour « réindustrialiser », « reconquérir des territoires perdus », « réhabiliter des villes ». En fait, reconstruire ce qu'il a mis trente ans à démanteler, presque méthodiquement.

De là un sentiment parisien de devoir rattraper le coup. De devoir renouer des liens historiques, comme si de rien n'était, avec une province vexée. Mais, là encore, il y a maladresse. Maladresse lorsque le goût retrouvé de Paris pour la province ne se porte que vers ses sites instagrammables, ses fermes en permaculture, ses paysages pittoresques, son

« espace ». Maladresse encore lorsque ce renouveau d'intérêt est si visible qu'il apparaît calculé. Emmanuel Macron, que l'on a su personnellement très affecté par le mouvement des Gilets jaunes, a lui aussi effectué ce virage à 180 degrés. En mars 2021, dans une interview au magazine *Zadig* dans laquelle il expose sa vision de la France, des lieux de pas moins de trente-quatre départements sont cités. Pour la présidence française de l'Union européenne au premier semestre 2022, les dix-huit réunions informelles des ministres européens eurent comme théâtre une ville de province française. Les déplacements du président de la République en province sont cette année-là quasi hebdomadaires, et les promesses aussi : industrie du futur à Montbrison, plan de sauvetage à Marseille, plan de reconquête et de transformation du tourisme dans le Lot. Jusqu'à son annonce de candidature dont la primeur est donnée à la presse quotidienne régionale.

Mais, vu de province, quelque chose sonne faux. Il est trop tard. Après trente années d'abandon, les promesses deviennent de faux-semblants. De son côté, l'état d'esprit provincial a changé. La province ne peut plus envisager le salut comme venant de la capitale. Elle a à son tour fait son deuil de l'affrontement affectif qui la liait à Paris. Orpheline de sa capitale, elle a pris son indépendance à marche forcée – avec les difficultés objectives que l'on a vues. En trahissant la province, Paris l'a libérée à son insu de ses devoirs envers la capitale. En échappant à la conscience qu'il lui devait tout, Paris a perdu la fidélité de la province.

Seule depuis trente ans, elle a tenu bon tant bien que mal, elle s'est organisée. La revanche de la province, c'est d'abord cet instinct de survie, au plus fort du largage par la capitale.

2

La province refait sa vie

Ainsi, il a fallu que la Chine lui manque pendant six mois pour que Paris se souvienne de la province. À partir de ce moment-là, Paris a ouvert le carnet de chèques (non provisionnés au demeurant) et a chanté à la province une sérénade : celle de la réindustrialisation, des relocalisations, du retour des manufactures de province. Nous l'avons entendue lorsque, au début de l'année 2020, des PME du textile ou de secteurs industriels à l'arrêt se sont mises à produire des masques et du matériel médical pour les soignants et soixante-sept millions de Français, faisant parfois redémarrer des machines qui sommeillaient depuis plusieurs années. Nous l'avons entendue chaque jour lors de la campagne pour l'élection présidentielle de 2022, dans les propos de tous les candidats, sans exception. Nous l'avons surtout entendue avec les annonces en série de créations d'usines et d'emplois industriels, d'une ampleur inégalée depuis trente ans, dans des régions de province qu'on associait jusque-là seulement à la crise, au largage : tantôt le retour d'une manufacture de pianos à Saint-Dizier (Haute-Marne), tantôt l'émergence d'une industrie textile de créateurs à Roubaix, ou de fabricants de chaussures dans les vallées ardéchoise ou grenobloise qui embauchent à tour de bras.

Plus fondamentalement, sous cette sérénade il y a une ligne de basses : celle d'une résilience de la province française, qui a su rebondir après l'abandon parisien des années 1990. Lentement depuis les années 2000, elle a choisi de s'organiser, de prendre son destin en main, et de bâtir, malgré les difficultés objectives, son désassujettissement par rapport à la capitale. La tâche était – elle l'est toujours – immense, et a nécessité la convergence de toutes les énergies. Celle des maires qui ont négocié l'installation de projets industriels d'entreprises étrangères dans leurs villes. Celle des présidents de région qui ont obtenu des fonds européens de développement à Bruxelles. Et surtout celle de ce qu'on appelle souvent à Paris, sans trop savoir à quoi on fait référence, la « société civile ». C'est pourtant très concret. Des patrons de PME se sont battus, parfois au prix d'une rentabilité réduite, pour garder des emplois de production dans leur région. Des entrepreneurs se sont associés pour créer des tiers lieux en province, d'autres ont choisi de fonder leur société dans leur région natale plutôt que sur le marché *a priori* plus florissant de la capitale : le fondateur de Ledger, expert en sécurisation de portefeuilles de cryptomonnaies, crée par exemple un incubateur de start-ups à Vierzon. Des mouvements associatifs et culturels ont redonné vie à un tissu social qui s'était largement émietté avec la fermeture des usines et la disparition du corps ouvrier.

Avertissement aux lecteurs, toutefois : le chemin reste semé d'embûches tant le largage a affecté des fondamentaux, concernant l'accès aux soins, la qualité de l'éducation et des services publics. Mais le mouvement est amorcé. Pour en comprendre les ressorts, il faut d'ailleurs remonter plus loin dans le temps. Comprendre précisément d'où vient la province pour saisir ce qui se cache derrière sa résilience. Comme l'écrit Alain Corbin dans un article intitulé « Paris-province », édité par Pierre Nora dans les *Lieux de mémoires* en 1992, cette notion de « province » a structuré le pays et l'imaginaire français pendant plus de trois siècles. À la fin du XVIIe siècle, le pays des duchés, seigneuries, marquisats, comtés et vicomtés s'organise pour la première fois dans un rapport Paris-province, lorsque Louis XIV convoque toute la grande noblesse française à la cour, à Paris et à Versailles. Les provinces perdent leur pluralité et ne sont désormais plus définies que par ce qui leur manque : Paris. La province est née, sorte de désert du savoir et du savoir-vivre, qui contraste en tout point avec la capitale. Peu à peu, alors que ce mépris est tempéré pour devenir soutenable, c'est un accord tacite qui s'installe entre Paris et la province : dépendance de Paris à l'égard de la province, avec une forme de domination et un mépris surjoué en guise de contrepartie. Et cet équilibre est particulièrement fécond : il a permis de préserver une unité du pays pas du tout acquise historiquement, et de renforcer la place de la France en Europe et dans le monde. Mais le double jeu parisien depuis la mondialisation a complètement brisé ce vrai-faux affrontement si longtemps fécond pour le pays. D'abord sonnée, la province s'est vite rendu compte de la trahison. En une dizaine d'années à peine, elle a perdu ses illusions et s'est autorisée à refaire sa vie, tant bien que mal, loin de Paris.

INVENTER LA PROVINCE POUR GOUVERNER LE ROYAUME

La province n'est pas seulement un lieu (« tout ce qui n'est pas Paris »), elle est une notion d'abord politique, économique et culturelle. C'est en installant sa cour à Paris que Louis XIV a créé la province, comme le détaille Alain Corbin dans son texte remarquable sur le sujet. Dès le début de son règne, alors que les contours du territoire français se stabilisent largement avec les traités de Westphalie (1648) et des Pyrénées (1659), Louis XIV est confronté à un défi : trouver une stabilité territoriale à l'intérieur du pays et en finir avec la division entre familles nobles qui fragilise le pays. Sa solution est simple : attirer toute la noblesse à la cour, à Paris, pour mieux la mater. Autrement dit, avec une noblesse dans son giron, toujours à portée de regard, il s'assure que l'effort de courtisanerie éteigne les envies de guerres intestines. Deux lieux symbolisent ce rassemblement, dans la capitale, de la haute noblesse du pays : le château de Versailles, bien sûr, et, *intra-muros*, le faubourg Saint-Germain où s'établissent salons et hôtels particuliers. Attirée par la Lumière, la haute bourgeoisie rejoint vite le mouvement, en s'installant plutôt de l'autre côté de la Seine, autour de ce qui deviendra les Champs-Élysées. Le roi a réussi son coup : les hautes strates de la société française ne se font plus la guerre que de manière civilisée, codifiée à Paris, à travers des réceptions et des démonstrations de raffinement, mais laissent le pays en paix, tout au moins relativement stabilisé. Le roi impose enfin son autorité sur cet « agrégat inconstitué de peuples désunis » qu'est la France, selon l'expression de Mirabeau. On vit alors les balbutiements d'un clivage entre Paris et une nouvelle zone qui naît de cet appel d'air, de l'absence de puissants dans l'ensemble du pays : la province.

En quelques décennies s'ancre un rapport d'un genre nouveau entre ces deux entités, qui sera structurant pour les trois cents années à venir. Par-delà les différences, les localités, ou même les inégalités objectives, la province se fonde très vite sur la perception « d'un manque, d'une privation par rapport à la capitale », écrit Corbin. La haute noblesse parisienne crée ses codes, ses « arts de la cour » et systématise sa différence avec le tiers état, mais aussi avec la petite noblesse de province. L'aristocratie, « le pouvoir aux meilleurs », est à son apogée. Paris est la ville des salons et de la préciosité, des cercles de réflexion, de l'Académie française et bientôt des Lumières, de l'information et d'une politique hypercentralisée. À l'inverse, la province est éloignée. Du rayonnement du roi, de l'érudition scientifique et de l'élégance parisienne. Loin de tout. Elle devient très vite la cible de moqueries et de caricatures venues de la capitale. Le théâtre de Molière, dont on fête en 2022 le 400ᵉ anniversaire de la naissance, en regorge d'exemples, du *Tartuffe* au *Bourgeois gentilhomme*. Molière, dont l'inspiration naît en grande partie d'une décennie d'itinérance avec sa troupe à travers la France, que les spécialistes ont appelée « les années de province ». Molière qui joue régulièrement devant son protecteur et mécène, le Roi-Soleil. Molière qui, enfin, sur le plan de la langue, a réussi le même tour de force que le roi sur le plan politique : unifier le pays. Et cette force centripète, unificatrice, de Paris est salvatrice : la ville est le lieu où les particularismes, les accents, et donc les divisions, s'effacent. Autrement dit, plus Paris domine, plus le pays est stable. Plus la province s'écrase, plus le pays prospère. Les mesquineries, la bassesse et l'arrivisme de M. Jourdain qui apprend à quarante ans qu'il parle quotidiennement « en prose », en faisant rire toute la cour du roi lors de sa première représentation à Chambord, contribuent à sceller ce renouveau français qui a fait la réussite du règne de Louis XIV. Cette moquerie, qui tourne parfois, ne nous le cachons pas, au mépris, relève du jeu, du subterfuge pour unir le territoire. L'opposition frontale, simple, organisée, civilisée, théâtralisée entre Paris et la province a sauvé le pays d'une division politique et territoriale plus profonde, et potentiellement plus sanglante, alors que les guerres de Religion étaient à peine taries.

Ce jeu de domination n'a d'ailleurs pas empêché Paris de se savoir, dès le début, complètement dépendant à l'égard de la province. S'il y a opposition, elle ne glisse jamais vers la séparation franche. L'opposition culturelle et sociale entre Paris et la province est d'autant plus forte – et d'autant plus saine – qu'elle s'appuie sur une continuité économique inaltérable. C'est au moment de la curialisation, au XVIIe siècle, que les plus proches conseillers du roi théorisent la dépendance de Paris envers la province. Sur le plan agricole, j'ai déjà évoqué Sully, qui définit la campagne en « mamelles dont la France est alimentée ». Un peu plus tard, c'est au tour du maréchal de Vauban de définir une doctrine de défense nationale qui repose sur la « frontière de fer » : un ensemble de fortifications construites dans toutes les villes frontalières du territoire, de Briançon à Lille, en passant par Belfort, Belle-Île-en-Mer et Bordeaux. Enfin, sous l'égide de Colbert, contrôleur des finances de Louis XIV, la France s'engage dans une politique économique mercantiliste : l'objet est d'accroître la puissance du roi en augmentant ses possessions de matières précieuses et sa collecte de l'impôt. Le projet colbertiste s'énonce ensuite clairement : il s'agit de soutenir le commerce et de développer le tissu industriel du pays, afin d'exporter une production à haute valeur ajoutée produite en province, en échange de moult métaux précieux exposés à la cour. La division du travail apparaît limpide d'emblée : la province produira, Paris jouira. Pour cela, Colbert finance plusieurs « villages-usines » dans le royaume, spécialisés dans le tissage, la tannerie, la verrerie, etc. L'exploitation forestière se développe pour accompagner l'expansion de Paris : les chênes de la forêt de Tronçais, dans l'Allier, fournissent le bois des vaisseaux qui explorent les océans. C'est aussi la naissance des grandes manufactures royales : la manufacture des glaces et des miroirs à Saint-Gobain, dans les Hauts-de-France, qui équipe la galerie des Glaces du château de Versailles et qui donnera naissance au groupe Saint-Gobain, la manufacture de cristal à Baccarat près de Metz, la manufacture de tapisserie de Beauvais, les manufactures de draps dans le Languedoc, etc. En somme, le Paris aristocratique de l'Ancien Régime doit toute son alimentation, sa sécurité et sa richesse à la province.

En quelques décennies, tout va changer. Longtemps après, Balzac résumera ainsi le processus de renversement qui s'est opéré avec la naissance de la province : « Autrefois, Paris était la première ville de province, la Cour primait la Ville : maintenant Paris est toute la Cour, la Province est toute la Ville. » Désormais, la province est « jalouse de Paris, Paris ne pensant à la province que pour lui demander de l'argent ».

LE COUPLE PARIS-PROVINCE POUR DÉVELOPPER LA NATION

À l'été 1789, la Révolution reprend à son actif cette opposition féconde entre Paris et la province née de l'Ancien Régime. Elle la renforce même. Il faut que tout change en France, pour que rien ne change entre Paris et la province. Cette opposition, et la domination de Paris qu'elle induit, est même un des fils qui maintiennent l'union du pays, malgré des poussées régionalistes majeures pendant et après la Révolution. Dès le 5 mai 1789, Paris est sans équivoque la capitale de la Révolution. Il prend la Bastille le 14 juillet, ce qui lui confère le droit de diriger la France. La capitale devient, dans l'imaginaire au moins, le seul endroit où se forme l'opinion publique. Politiquement, la province reste suiviste. Plus encore, dans un royaume aux forts particularismes régionaux, Paris est la seule terre neutre, la seule ville dans laquelle l'unité nationale peut s'exprimer. En le faisant martyr, la Révolution a sacralisé Paris, mère de Marianne et père de la devise « Liberté, Égalité, Fraternité » pour la Déclaration des droits de l'homme et du citoyen, et même, quelques décennies plus tard, du drapeau national – les couleurs bleu et rouge de Paris entourant le blanc du roi. Si elle paraissait fragile lorsqu'elle était le seul fait de la noblesse sous l'Ancien Régime, la domination de Paris sur la province est scellée dès 1789.

Cependant, passé le mythe d'une capitale qui recrée l'esprit de la Révolution et des Lumières pour gouverner le pays de manière éclairée, une injustice devient de plus en plus problématique : la voix de la province ne s'entend ni dans l'État ni à l'Assemblée nationale. La représentativité nationale est à certains égards encore un peu factice, trop largement dominée par Paris pour être acceptable. En 1848, avec la IIe République, un basculement se produit : le passage au suffrage universel. Le nombre d'électeurs passe alors de 246 000 votants à plus de 9 millions. Face à un corps électoral réduit, Paris faisait encore le poids ; mais face à la France « entière », il est contraint de revoir son approche vis-à-vis de la province. La province devient donc politiquement plus forte que Paris. À cet égard, le passage au suffrage universel marque une prise de conscience, un électrochoc salutaire : il rappelle à Paris que sa domination sur la province doit rester jouée, presque au second degré, pour être tolérable. Qu'elle n'est pas un dû ou une réalité indiscutable ; qu'au contraire elle lui est donnée, accordée par la province pour le bien du pays. Le Paris flamboyant du siècle des Lumières, de la Révolution puis de l'Empire a sans doute eu tendance à oublier les termes de ce contrat tacite, non dit, passé avec la province. La IIIe République remet les choses à l'endroit et installe le rapport Paris-province dans un rythme particulièrement fécond : cette harmonie retrouvée est une des clés de voûte, à plusieurs décennies de distance, des réussites de la Belle Époque jusqu'à celles des Trente Glorieuses.

La contrepartie politique du suffrage universel stabilise en effet les rapports Paris-province pour presque cent cinquante ans. La relation demeure mouvementée, mais elle se maintient dans une forme de théâtralité : on accentue les désaccords, les moqueries, les haines parfois, mais, au fond, chacun sait quel est son rôle. La province est le socle de la puissance agricole et industrielle, de la défense et de la souveraineté populaire. Paris se tourne vers le monde pour le dominer sur le plan culturel ou scientifique, et joue un mépris très français, ironique, de la province. Et ce tandem fonctionne plutôt bien.

À vrai dire, sous des airs de clivage indépassable, cette période est aussi celle d'un rapprochement considérable des réalités vécues par les Parisiens et par les provinciaux. La IIIe République et les révolutions industrielles améliorent largement le sort de la province à partir de 1870.

L’exode rural permet une augmentation substantielle des niveaux de vie, et de fait une convergence des habitudes. Le développement du train désenclave de nombreux territoires et augmente la fréquence des visites à Paris. La province se couvre d’écoles, chargées de remplir la promesse d’une instruction gratuite et obligatoire. Plusieurs décennies après, aux balbutiements de l’aviation civile, la province est cette fois-ci connectée au monde. Les moments les plus difficiles de notre histoire révèlent la puissance de la solidarité qui unit au fond Paris et la province. Pendant la Première Guerre mondiale, alors que le théâtre des opérations se situe en province, de la Somme à Verdun, Paris abandonne l’artisanat de luxe et construit des usines d’armement et d’automobiles pour participer à l’effort industriel de guerre. Vingt ans plus tard, de grandes personnalités intellectuelles et politiques quittent Paris occupé par le Reich pour organiser la résistance depuis les maquis ou les villes de province. Après la Libération, les Trente Glorieuses constituent sans doute l’âge d’or de ce couple Paris-province qui se comprend de mieux en mieux sans même se parler. Paris comme la province se reconstruisent au sens propre sur les dégâts de la guerre. Paris retrouve une période d’activité culturelle, une vie politique intense. De son côté, la province est de plus en plus accueillante grâce aux politiques d’aménagement du territoire, de construction d’autoroutes et de développement du secteur du tourisme à mesure que le nombre de semaines de congés payés augmente. Plus que jamais, le rapport Paris-province est fluide : la supériorité culturelle de Paris ne rompt jamais la continuité économique et politique du territoire. D’ailleurs, si l’on est attentif, mai 1968 est la première révolution qui commencera en province avant de se matérialiser à Paris.

Seulement voilà : on l’a déjà écrit, cette relation se

termine mal. Brusquement, autour de 1990, Paris trahit ce pacte tacite avec la province, établi, tissé méticuleusement au cours des trois siècles précédents. Portée K.-O. pendant un temps, la province aurait pu ne pas vraiment se relever.

APRÈS LE LARGAGE, LA RÉSILIENCE DE LA PROVINCE

La première pierre à l'édifice provincial en reconstruction devait être une prise de conscience. Au cours des années 1980, les cris de contestation se font déjà entendre en province au gré des fermetures d'usines. Mais les ouvriers du bassin sidérurgique lorrain ou du Nord-Pas-de-Calais sont encore isolés. Le moment clé pour une prise de conscience cette fois-ci généralisée de la province qui vient d'être trahie par la capitale est sans doute la campagne pour le référendum sur le traité de Maastricht en 1992. Un basculement intervient avec Maastricht : le passage à une Europe plus financière. Ce traité prépare déjà l'arrivée de l'euro dix ans plus tard, et personne n'est vraiment dupe. C'est un changement majeur. L'Europe s'est en effet construite sur la base d'un projet industriel. La Communauté européenne du charbon et de l'acier est créée en 1952, puis les traités de Rome instituent la Communauté européenne de l'énergie atomique (Euratom) en 1957 et la Communauté économique européenne. L'Europe est même celle qui réagit aux premières crises industrielles : le plan Davignon de 1977 est la première politique industrielle européenne qui vise la restructuration du secteur. Mais c'est aussi la dernière… À la fin des années 1980, le tournant est clair : l'Europe devient tertiaire et financière, elle ouvre les vannes à la mondialisation – et la France, emmenée par Paris, prendra particulièrement au pied de la lettre cette nouvelle dynamique, beaucoup plus que ses voisins allemands ou italiens. Maastricht symbolise ce basculement, cette hantise de l'abandon de la province par une capitale qui chercherait son salut sur les marchés financiers, avec des entreprises sans ouvriers ou des supermarchés sans agriculteurs. Bref, Paris sans la province. Les débats qui précèdent le référendum de 1992 sont pour la première fois aussi explicitement marqués par cette désolidarisation de la province et de la capitale. En quelques mois, alors que la partie semblait gagnée d'avance – et elle le fut assez facilement dans la plupart des pays européens –, l'opinion publique s'équilibre largement. Ce n'est sans doute qu'à la faveur de l'intervention de François Mitterrand dans les dernières semaines de scrutin que le « oui » l'emporte avec un court score de 51 %. Mais le mal est fait, la province abandonne peu à peu les illusions de l'accord qui la liait à Paris, et comprend, alors qu'elle est au plus mal, qu'elle va devoir faire chemin à part. Treize ans plus tard, les divergences de parcours sont sans appel. Le référendum constitutionnel de 2005 est rejeté à 55 %, avec quatre-vingt-quatre départements s'opposant frontalement à Paris dans ce scrutin.

Autrement dit, d'emblée, la province dit « non ». C'est ce rejet qui est à l'origine de la revanche de la province. Puisque Paris choisit de s'acquitter de sa dépendance envers la province, il sent que le mépris qui contrebalançait cette dépendance devient malvenu. Puisque Paris a brisé le pacte, celui-ci doit donc voler entièrement en éclats. Il n'est plus question de subir les conséquences néfastes du contrat lorsqu'on n'en tire plus aucun avantage. C'est d'ailleurs à cette date que le mot même de « province » disparaît du langage : ce n'est pas anodin. Parce qu'il est perçu comme trop dévalorisant, ou peut-être trop évocateur d'un abandon dont la capitale ressent peu à peu la culpabilité, toujours est-il qu'il s'éclipse totalement. Remplacé par les « territoires », le « local », le « terrain », « en région ». Laissée en plan (jusque dans le langage !), la province a dû se débrouiller tant bien que mal, discrète, invisible. Sans le faste parisien dans la mondialisation, refaire sa vie. La revanche de la province qui s'engage dès 1992 est avant tout une résilience et l'affirmation d'une autonomie retrouvée. C'est modeste, mais c'est déjà un acte majeur, qui n'avait rien de garanti : combien de villes en Angleterre ont été presque rayées de la carte, lorsque Londres a effectué le même largage de sa province dans les années 1980. En France, on doit cette résilience a des personnages : politiques, entrepreneurs, milieux associatifs, têtes d'affiche ou anonymes, qui ont réussi ou échoué. C'est leur activité qui a été la clé de cette reconstruction économique et politique de la province.

Un des exemples les plus précoces et les plus médiatisés est celui de Valenciennes. Frappée doublement par la fermeture de l'extraction houillère et par la crise de la sidérurgie, la sous-préfecture du Nord est littéralement estropiée à la fin des années 1980. Pour Jean-Louis Borloo, qui en est le maire de 1989 à 2002, l'agglomération était proche d'être le « plus grand désastre européen ». 2 000 hectares de friches industrielles, 38 000 licenciements en une décennie avec la disparition presque totale du travail à la mine et la perte de 55 % des emplois industriels, un taux de chômage passé de 3 % en 1974 à 21 % en 1992. La pauvreté explose – un des plus grands centres des Restos du cœur se trouve à Valenciennes à ce moment-là – et la qualité de vie en est bien sûr largement affectée, d'autant que c'est l'industrie qui finançait jusqu'à présent la culture, les associations sportives, les rénovations, l'urbanisme et même la rénovation des églises. En dix ans, cette structure sociale s'effondre. Tous ceux qui le peuvent quittent la ville. Elle a perdu dix mille habitants en moins de vingt ans.

Après avoir maintenu miraculeusement le club de football de la ville en Première division en 1988, Jean-Louis Borloo se voit donc confier les clés de la ville par les Valenciennois un an plus tard. Objectif : stopper l'hémorragie. Pour l'atteindre, le maire établit deux défis. D'abord, reconstruire un tissu économique dans la ville, en s'appuyant sur ses PME mais aussi sur des grands groupes étrangers. Ensuite, gagner la « bataille des épouses ». C'est dit dans un style un peu à l'ancienne vu de 2022, mais non moins limpide : il faut que Valenciennes redevienne attractive pour les familles, qu'on choisisse de nouveau de s'y installer. Les chantiers sont multiples, et il faut se retrousser les manches. Les réunions au conseil municipal – devenues fameuses car Borloo pouvait les faire durer jusqu'au bout de la nuit – permettent de lancer tous les projets. On construit des logements sociaux dans les multiples friches en « dent creuse » de la ville, le tout-à-l'égout est installé pour les 60 % de Valenciennois qui en manquaient à la fin des années 1980, les grands boulevards sont rénovés, le tramway est définitivement installé en 2006 : voilà pour l'urbanisme. Celui-ci va de pair avec une revitalisation culturelle, qui passe par la reconstruction du théâtre ou de la bibliothèque. Pour trouver les fonds, là aussi, la débrouillardise est de mise. Et, encore une fois, pas question de passer par Paris. Les Valenciennois retournent l'optimisation et l'utilitarisme contre Paris et Bruxelles, et vont chercher tous les fonds européens possibles en s'appuyant sur la région : ceux de la Banque européenne d'investissement, du Fonds européen de développement régional.

Mais le nerf de la guerre fut de faire repartir l'économie. Et c'est ici que se dessine la méthode provinciale de résilience. En rupture avec la trahison parisienne, pas question pour Valenciennes, comme pour d'autres villes après, de trahir son passé industriel. Le plan de Borloo était de reconvertir l'outil industriel hérité de la sidérurgie vers deux nouveaux pôles de compétence d'avenir. D'abord le numérique : en quelques années, Valenciennes devient une des villes pionnières de l'enseignement de l'informatique en France et en Europe, puis de l'industrie des jeux vidéo dès la fin des années 1990. Ensuite les transports, centrés sur le ferroviaire et l'automobile. Une usine Bombardier ouvre à Valenciennes en 1995, bientôt reprise par Alstom ; Daimler y installe son centre de distribution pour toute l'Europe du Nord en 2003. Mais c'est surtout la mythique installation d'une usine Toyota qui symbolise la reconversion de toute une ville : alors que soixante-dix villes européennes sont candidates, que les grandes favorites se trouvent en Angleterre, en Pologne ou en Belgique, que le ministre de l'Industrie Christian Pierret cherche depuis Paris à pousser le dossier vers sa capitale des Vosges, le Nord puis plus particulièrement Valenciennes sortent du lot. Le site finalement choisi se trouve dans l'agglomération, à Onnaing, et offre le coup d'accélération dont la ville avait besoin. Plus d'un milliard d'euros investis par Toyota, près de 4 000 salariés sur le site avec 3 millions de voitures sortant de l'usine chaque année. Cette implantation, arrachée aux forceps, donne une dynamique, inverse la tendance. Entre 2000 et 2003, le solde d'emplois dans la région est positif, avec 7 500 emplois nets créés, dont 2 500 par Toyota. Et la ville réussit ainsi son pari de renouer avec la croissance démographique : le nombre d'habitants remonte continuellement jusqu'en 2017 pour revenir à son niveau des années 1970.

Le cas valenciennois, par son côté tragique, a été particulièrement médiatisé. Mais, fondamentalement, cette résilience, ce réveil de la province s'effectue dans beaucoup de lieux. Et toujours avec cette même méthode pour redynamiser les bassins d'emplois. Dans un premier temps, comme pour répondre à un besoin de réappropriation de l'espace abandonné par Paris, réhabiliter les friches industrielles et réinventer les centres urbains : Gérard Collomb à Lyon rebâtit le quartier de La Confluence, François Baroin celui du Point du Jour à Troyes, Alain Juppé dépoussière les quais bordelais et Martine Aubry expérimente « l'art de la ville » à Euralille à partir de 2005. Puis, faire redémarrer et pivoter l'économie pour amortir la chute promise. L'objectif est d'utiliser l'ancien tissu industriel et de choisir quelques domaines de spécialisation, pour éviter l'éparpillement et se rendre indispensable dans des secteurs stratégiques. Pour cela, les édiles s'appuient sur un triptyque : fort tissu de PME locales, implantation de grandes entreprises étrangères et quête de fonds européens. Elles ne permettent pas toujours de stopper le choc économique, mais les *success stories* de l'économie provinciale ouvrent la voie. De l'installation de la seule usine française de recherche de Pfizer à Amboise, en Indre-et-Loire, à un salon annuel du *Made in France* qui met en valeur le renouveau du textile roubaisien. La dernière clé pour enclencher la renaissance est enfin de redynamiser la qualité de vie, avec des investissements dans la culture ou les universités. Sur cet aspect, la société civile a eu au moins autant d'importance que les pouvoirs publics, grâce à des initiatives associatives, artistiques, politiques, sportives, qui ont peu à peu fabriqué de la fierté pour les provinciaux. En 2020 par exemple, le Climbing Mulhouse Center est inauguré sur une friche de site industriel textile et devient la salle d'escalade la plus haute de France. À la campagne aussi, bien sûr, avec des projets de fermes en circuit court ou d'autres mêlant agriculture et production d'énergie, de biogaz et d'électricité. C'est ce type d'initiatives discrètes mais fondamentales qui permet de retourner la crise contre elle-même pour en faire un outil d'affirmation. Depuis vingt-cinq ans, c'est le dernier ressort essentiel à la renaissance de la province. Et nous n'évoquons pas ici les régions qui ont d'emblée pris en compte le largage de Paris pour créer leur propre destin : l'exemple le plus frappant étant sans doute la vallée grenobloise qui a su, dès les années 1990, créer son propre pôle de compétitivité technologique.

Bien entendu, ne soyons pas naïfs. Il ne s'agit jamais de dire que cette province, fondamentalement sinistrée par l'abandon parisien, est brusquement devenue un eldorado économique et social en l'espace de quelques années. Certaines reconversions ont eu beaucoup de mal à prendre quand les facteurs n'étaient pas tous parfaitement réunis : Saint-Étienne n'a, par exemple, pas vraiment réussi à briser son cercle vicieux malgré une biennale reconnue, une Cité du design ou une industrie de pointe dans les secteurs de la mécanique et de l'optique. Et même les bassins d'emplois qui ont réussi à inverser la tendance sont encore loin d'avoir réglé tous leurs maux. Néanmoins, on doit aussi constater que la province n'a pas tout à fait connu le naufrage qui lui était promis à l'orée des années 1990. Tous les fruits n'ont pas encore été récoltés – et peut-être faudra-t-il encore une ou deux décennies pour qu'ils le soient – mais la dynamique est lancée. La province n'est pas devenue la friche industrielle géante qu'elle aurait pu devenir si elle était restée les bras ballants. Dès 1992, elle s'est réveillée. Sa chute est évitée, et sa résilience désormais actée.

LES NOUVELLES MÉTROPOLES PROTECTRICES DE PROVINCE

Cette renaissance d'abord sous-jacente et « par le bas » (maires, entrepreneurs et société civile) s'est désormais imposée comme une donnée politique, y compris au plus haut niveau. Le 1er janvier 2016, ce sont presque vingt années de résilience et d'innovations provinciales qui permettent d'obtenir – ce ne fut pas un cadeau volontaire de la part du gouvernement Hollande – une nouvelle carte des régions. Le passage de vingt-deux à treize régions sur le territoire métropolitain change radicalement les choses. Pour la première fois depuis la Révolution, la puissance sans conteste de l'Île-de-France sur le reste du territoire est un peu relativisée. Elle fait désormais face à des régions qui ne sont plus frêles, mais capables de rivaliser sur les plans démographique, économique, touristique, artistique. Elles le sont d'autant plus qu'elles ne recherchent pas comme Paris le cumul de tous ces pouvoirs en même temps. Cette réforme institutionnelle propulse en fait la France dans un schéma plus proche de l'organisation allemande, où chaque *Land* a l'étoffe pour s'imposer comme une aire spécialisée à l'échelle mondiale. Et force est de constater que les choses se sont déroulées de manière bien plus efficace chez nos voisins ces trente dernières années. À leur tour, les régions françaises atteignent la taille critique pour organiser une politique industrielle régionale, compter dans la mondialisation. Cette puissance nouvelle des grandes régions se fait d'ailleurs sentir politiquement. Le poids dans l'élection présidentielle de 2022 (comme faiseurs de roi) de personnalités comme Xavier Bertrand, Carole Delga, Laurent Wauquiez, tous trois ayant démontré une forme de crédibilité et d'efficacité dans l'organisation respectivement des Hauts-de-France, de l'Occitanie et de l'Auvergne-Rhône-Alpes – les nouveaux noms sont en eux-mêmes vecteurs de puissance et de fierté –, est crucial.

Dans ce nouveau paradigme territorial, une place toute particulière revient aux chefs-lieux de chacune de ces macro-régions. Lyon, Bordeaux, Strasbourg, Lille, Dijon, Toulouse, Rouen, Rennes, Orléans, Nantes ou Marseille sont devenus de véritables capitales provinciales. Elles sont chargées d'organiser le territoire, de poser l'infrastructure industrielle ou de transport, d'accueillir les principaux emplois de services ou marchands de la région, d'en être aussi le centre universitaire et culturel. Bref, leur attractivité explose. En témoignent leurs soldes migratoires qui sont dans presque tous les cas positifs et les prix de l'immobilier qui flambent : elles accueillent chaque année toujours un peu plus de monde. Et cela renverse largement les flux de population à l'échelle du pays. Alors que le passage ou le retour en province se faisait surtout au moment de la retraite jusqu'au début des années 2000, il est de plus en plus précoce : on s'y dirige désormais entre trente et quarante ans, c'est-à-dire au plus fort d'une carrière professionnelle. L'obligation de rester à Paris pour exercer un métier qui s'y trouve exclusivement se dissipe largement pour la majorité des Français. Et les chiffres ne se trompent pas. Pour la première fois sans contrainte, Paris est en train de se vider peu à peu : de 2011 à 2016, la capitale a perdu en moyenne chaque année 0,5 % de sa population, soit 11 900 habitants par an. En 2021, c'était même la seule ville de France dans laquelle les prix de l'immobilier n'avaient pas augmenté ! La pandémie de Covid-19 a accentué cette envie de départ des Parisiens, mais le mouvement est engagé depuis longtemps déjà.

Cette attractivité et ce rayonnement retrouvés des capitales de province ont fait prospérer un discours médiatique plein de faux-semblants. Selon certains, s'appuyant bien souvent simplement sur les hausses de prix de l'immobilier ou sur quelques anecdotes au sujet de l'arrivée de « bobos », les métropoles de province auraient elles aussi joué la mondialisation contre leur arrière-pays. Elles auraient pactisé avec Paris contre les petites villes et contre la ruralité. En somme, les métropoles de province seraient complices du largage de l'arrière-pays. L'exemple est souvent donné de Bordeaux ou de Nantes, fortement gentrifiés ces vingt dernières années, avec un écart grandissant par rapport à leurs couronnes respectives. Et de fait, il existe des communautés de revenus, de mode de vie, de culture, et parfois d'orientations politiques entre Paris et les centres-villes de ces métropoles provinciales. Il existe aussi, bien sûr, des fractures d'accès aux services publics et aux opportunités entre Lyon, sa banlieue et le cœur de l'Auvergne. Bien sûr.

Mais ce discours est agaçant ; il méconnaît largement la situation. Il ne faut pas vivre très longtemps en province pour s'apercevoir qu'il ne tient pas debout. La solidarité de Lyon avec cet arrière-pays est sans commune mesure avec l'abandon parisien des années 1990. Le tissu économique des grandes villes de province s'appuie sur un réseau de PME, souvent situées en banlieue, voire complètement à la campagne, et qui permettent à la ville dominante de rayonner en Europe et dans le monde. Leur modèle n'est pas fondé sur la finance ou sur une forme de tech déracinée. Les métropoles de province ont les deux pieds dans la glaise régionale. Elles en gardent volontairement les stigmates, qu'elles retournent en fierté. Bien sûr des inégalités se reproduisent au niveau régional. Mais la capacité à attirer une classe supérieure et à retenir ses élites est aussi la marque d'une province qui prospère. Lille, Strasbourg et les autres sont les avant-postes qui permettent à leur région de vraiment s'autonomiser. Il était quasi impensable sous la IIIe République de faire son droit ou sa médecine ailleurs qu'à Paris. Les plus grandes facultés de préparation aux études de santé se trouvent désormais à Montpellier, à Aix ou à Lyon. Les tournées d'artistes passent toutes par les Zénith construits depuis les années 1990. Avec les métropoles, la province tout entière peut gagner une forme d'autonomie par rapport à Paris. Paris devient une (très) grande ville comme d'autres en Europe, mais elle n'est plus décisive, ni le point de passage obligé, pour la plupart des besoins. Les métropoles françaises sont fondamentales dans la résilience de la province, et seront indispensables pour la transformer en vraie renaissance. Le discours qui les accuse de complicité de largage est ainsi d'autant plus problématique qu'il dépossède la province de sa propre revanche. Si les métropoles ont pactisé avec Paris, alors leur prospérité est offerte par la capitale, et la résilience apparaît en trompe l'œil.

Non, depuis le début des années 1990, la province est la seule responsable de sa résilience et de son redressement, et les villes de province sont les alliées de l'arrière-pays dans cette revanche : leur développement, et leur enrichissement, donnent à toute une région les moyens de ses ambitions. N'oublions pas que c'est cet échelon régional qui a démontré le plus de pertinence et de force dans la construction européenne et la mondialisation – incarné au premier chef par l'exemple allemand. Les mouvements de relocalisations qui devront s'appuyer sur des entreprises et des élus régionaux sont en train de récompenser les choix faits par la province française, à contre-courant de Paris, depuis vingt ans. Le style de mondialisation qui s'ouvre post-Covid va peut-être prendre Paris à son propre jeu, trente ans après le largage : comme si c'était enfin à la province d'en profiter.

3

Provincial way of life, *nouvel idéal français*

Je crois qu'ils souriraient. Ces « gens de l'autre monde », qui vivent dans le dépérissement et la moisissure que Mme de Sévigné décrivait, non sans aigreur vis-à-vis de son propre destin, lorsqu'elle dut passer quelques mois en Bretagne pour se refaire financièrement. Ces bourgeoises provinciales endimanchées tentant, avec l'air laborieux nécessaire à ce changement de condition tant désiré, de se faire une place malgré les sourires en coin et les « essaie toujours » des hommes et femmes des salons du faubourg Saint-Germain. Ces petits paysans du Limousin dont la condition se traduit dans la démarche qui, selon les mots de Balzac, manque « de cette agilité que Paris communique incessamment ». Ces villes entières du nord au sud du pays, que l'on qualifiait autrefois de « désert français » et où ne régnaient qu'ennui, austérité et immobilité. Tous ceux-là, j'aimerais qu'ils aient l'occasion de venir à Paris ces jours-ci pour observer quelques Parisiens s'offrir une parenthèse bucolique à la Mouzaïa, quartier-village du XIXe arrondissement, d'autres feindre le confort sur un Paris-plage bondé ou boire un pastis autour d'une partie de pétanque place Dauphine, avant de rentrer faire pousser quelques pieds de romarin sur un balconnet orienté au nord. Alors, je crois qu'ils souriraient.

Il faut dire qu'ils auraient de quoi. Le retournement d'idéal de vie qui s'est produit au cours du dernier siècle, en France et dans le reste du monde, est inédit. En 1920, le modèle de la *vie parisienne*, gravé dans le marbre littéraire par Marcel Proust et savamment construit depuis quatre siècles dans la capitale française, devient l'épicentre mondial des Années folles, que la province et les autres capitales mondiales s'évertuent à singer maladroitement. En 2020, les contrefacteurs sont désormais parisiens : ils aspirent à une mise au vert, à un ralentissement du mode de vie, à un peu d'ennui pour échapper à la suractivité des rues de la capitale. La crise Covid a été, comme pour bien d'autres tendances latentes, le révélateur donnant à ce mouvement, entamé pourtant plusieurs décennies auparavant, toute sa visibilité. Un mouvement qui a paradoxalement fait de la province, au moment où elle était le plus fortement larguée économiquement, le lieu d'un nouvel idéal de vie français.

Je serai clair d'emblée : ce phénomène seul n'explique pas la revanche de la province. Sans la résilience, puis la reconquête économique et politique décrite dans les pages précédentes, jamais cette revanche n'aurait eu lieu. Cette résilience était la condition *sine qua non*. Tout ce qu'on lit – beaucoup trop – post-Covid sur l'exil des Parisiens désireux de « refaire leur vie » dans les villes de province ou à la campagne serait impossible si certaines conditions économiques n'étaient pas réunies, ou sur le point de l'être. Mis à part quelques trentenaires souhaitant passer de la théorie à la pratique en se lançant dans la permaculture (avec plus ou moins de succès), peu de Parisiens peuvent raisonnablement se permettre de quitter la capitale simplement pour assouvir une envie de changement de cadre ou de temps pour soi. En témoigne d'ailleurs la faible part de Parisiens quittant effectivement la capitale parmi ceux qui en manifestent le souhait dans les études d'opinion. Mais le travail de fond, de résilience et d'innovation, mené en province depuis le largage des années 1990, commence à payer. La renaissance économique, politique et sociale de la province a inversé la tendance. Lorsqu'on est Parisien, on ne fait toujours pas le choix d'une vie en province sur un coup de tête ; mais on peut de plus en plus l'envisager sereinement.

D'autant que la province a d'autres atouts que les possibilités économiques à faire valoir. En matière de style de vie, elle est plus que jamais ancrée dans le XXIe siècle. Elle répond, par contraste avec Paris, aux aspirations d'espace, de temps, de paysages, de protection contre la pollution ou contre les crises. Beaucoup plus clairement que sur le terrain économique, le centre de gravité français en matière de style de vie a basculé vers la province. Ce sont même la fierté et l'authenticité retrouvées avec ce nouvel idéal qui accélèrent la revanche de la province. La résilience économique et la combativité politique l'avaient remise sur les rails ; le *provincial way of life* lui donne une force radicalement nouvelle.

SUPÉRIORITÉ DE LA VIE PARISIENNE SUR LES MŒURS DE PROVINCE ?

Pour comprendre l'ampleur de ce retournement des aspirations et des idéaux de vie, il faut commencer par examiner l'écart abyssal qui a longtemps éloigné la province de Paris en la matière. Dès le tournant du règne de Louis XIV, la province n'est qu'un faire-valoir pour Paris qui l'utilise comme un tremplin. C'est vrai sur le plan économique et géopolitique : les décisions sont systématiquement prises à Paris, mais les fondations de la puissance française jusqu'au début de la Seconde Guerre mondiale sont avant tout provinciales. Toutefois l'écart est plus radical encore sur le terrain du style de vie : le seul à prendre la lumière, le leader incontesté, en France mais aussi en Europe et dans le monde, c'est Paris. La « plus belle ville du monde » écrase la province sur ce plan, cela fait même partie du jeu qui la rend si spéciale. Cette province qu'elle ne saurait voir est l'ombre qui contraste avec sa lumière, l'ennui qui rend indispensable son hyperactivité, l'enfermement sur la famille et les traditions qui rend possibles sa liberté, sa volupté et son ouverture sur les arts. En cela, elle est déjà utile, voire indispensable, à Paris : le contraste avec la province lui permet de briller de façon plus nette. À partir de la création de l'Académie française – que la province a longtemps essayé de copier –, le gouffre culturel se creuse et Paris accroît sa domination culturelle, en France et en Europe. Elle trouve son aboutissement pendant la décennie 1920, que l'on surnommera plus tard les Années folles : à cette date, Paris est à bien des égards l'un des centres du monde, une sorte de capitale mondiale. La victoire de 1918, la taille de l'Empire, l'avant-garde littéraire et le surréalisme, la destination favorite des émigrés russes, etc.

Pendant ces trois siècles, la province est restée, dans l'imaginaire des Parisiens et dans le vécu des provinciaux, la capitale de l'ennui. Les grands auteurs du roman français au XIXe siècle ont parfois décrit celui-ci avec beaucoup de virulence. La province est d'abord le lieu d'un conservatisme et d'une résistance aux savoirs et aux arts : elle est la lenteur dans un monde qui progresse à toute vitesse. La province de Balzac dans *La Vieille Fille* est ce lieu hors du temps qui se refuse à la modernité, qui « se moque des nouveautés, ne lit rien et veut tout ignorer : science, littérature, inventions industrielles ». L'ennui provincial, c'est bien sûr Flaubert qui l'a le mieux décrit dans *Madame Bovary* (sous-titré *Mœurs de province*) : il est à l'origine d'une frustration, d'un manque total d'horizons, d'activités, d'inattendus, de rencontres. Pour Emma Bovary, Paris est cette ville (plus ou moins imaginée entre les lignes de ses lectures d'adolescence) à l'origine d'une puissance créatrice dans un environnement qui respecte pourtant les codes, quand la province produit de la convenance au milieu de la grossièreté. Son mari Charles, petit médecin, représente tout ce qu'elle veut fuir : une routine. On sent là une partie de la souffrance de Flaubert quant à son exil en province, contraint par des raisons financières. Peut-être est-ce une des interprétations possibles de son fameux « Madame Bovary, c'est moi » : celui qui souffre de la banalité provinciale puisqu'il se trouve à raison un destin exceptionnel, c'est lui, Flaubert, qui n'a hâte que de retourner à Paris fréquenter les Goncourt, la princesse Mathilde. C'est François Mauriac, originaire de la région bordelaise, qui me paraît donner l'analyse la plus fine de ce sentiment très subjectif de la « provincialité » en 1926 dans *La Province*. Le grand malheur de la province se trouve dans un rapport à la solitude et au temps : « Il faut être provincial pour savoir que la solitude – la seule souhaitable, celle dont on peut librement sortir – ne se goûte qu'à Paris. Nous voulons bien d'une cellule, mais dont la porte demeure ouverte. » Par ailleurs, le désert provincial est d'autant plus douloureux que l'on y est constamment épié. Tous les regards sont voyeuristes, si bien que l'ennui n'y est même pas tranquille. Au contraire, à Paris, l'affluence est toujours contrôlable : on se fond dans la foule, on ferme la fenêtre et, en un instant, on est de nouveau seul. Vraiment.

S'il reste un avantage au style de vie provincial, c'est de produire des êtres d'ambition et des artistes de talent... qui pourront nourrir le rayonnement parisien. Néanmoins, là encore, c'est parce que, en créant de la souffrance et de la frustration, la province démultiplie la puissance créatrice et la volonté de ses jeunes talents. Mauriac l'écrit encore : « La province française est peuplée de jeunes êtres consumés d'appétits inassouvis. Toutes ces ambitions refoulées, et dont le refoulement décuple la puissance, assurent plus tard aux provinciaux les premières places dans la politique, dans la littérature, et dans les affaires. La province est une pépinière d'ambitieux. » En effet, on l'a déjà vu, de la fiction à l'histoire, les exemples ne manquent pas. Le Julien Sorel du *Rouge et le Noir* en est peut-être le représentant littéraire le plus flamboyant. À cet égard, Emmanuel Macron aussi – dont Sorel est un des personnages préférés : il a même placé le roman sur son bureau pour son portrait officiel de président de la République – est un représentant de ces personnages de provinciaux qui viennent réussir brillamment à Paris en étant contraints de masquer leurs origines. Mais il est peut-être un des derniers représentants de cette province « pré-revancharde » qui, comme Rastignac, Rubempré ou Sorel, refoule ses traits provinciaux et s'approprie tous les codes de Paris pour mieux le dominer. D'une province qui doit renier ses mœurs, profondément dénigrées dans le style de vie parisien, pour exister.

Face à cette province fébrile qui s'enfonce dans l'obscurité un peu malgré elle, Paris capte toute la lumière. La capitale acquiert toutes les qualités des défauts de la province. Et comme les défauts de la province sont, dans les imaginaires, infinis, Paris rayonne. Ce qui s'y passe ne relève jamais de la banalité. Jamais de la vulgarité. Jamais de l'austérité. Et tous les arts prennent une autre dimension lorsqu'ils sont associés ou célébrés à Paris, quoi que tentent d'autres capitales européennes ou métropoles de province. On a bien essayé de copier le modèle de l'Académie française ou celui de la Sorbonne en province, et certaines furent d'ailleurs efficaces, mais ces « académies » – sans A majuscule – ne parviennent qu'à imiter maladroitement leur modèle parisien. Elles constituent plus une ultime preuve de l'inféodation de la province à Paris qu'une vraie possibilité de concurrence. Mais, sur ce plan, la province n'est pas seule dans la tourmente. L'Europe et bientôt les capitales du monde entier souffrent la comparaison avec Paris. En effet, très vite, du XVIIe au XIXe siècle, Paris est la capitale européenne incontestée, avant de devenir, à l'entrée du XXe siècle, la plus grande capitale mondiale.

Soyons clair : on peut douter qu'une ville exercera à nouveau une telle force d'attraction sur le monde. Le Paris de la Belle Époque, puis des Années folles après la Première Guerre mondiale, c'était la puissance musicale et picturale de New York, l'aura cinématographique de Los Angeles, la volupté de Bangkok, le luxe de Miami et la fête de Berlin. Tout cela dans 100 km^2. Pendant ces années 1920, des tables de restaurant ont potentiellement réuni Pablo Picasso, André Breton, Francis Scott Fitzgerald, Joséphine Baker, Georges Braque, Ernest Hemingway, Charlie Chaplin, François Mauriac ou Salvador Dalí. Louis XIV en aurait rêvé : le monde entier est à sa cour. Les élites des quatre coins de la planète se ruent vers la capitale française, pour quelques semaines, quelques années, le restant de leur vie. Car Hemingway ne s'y trompe pas : « Paris est une fête » et la capitale de la fête. La vraie bohème se vit à Paris. Par rapport à sa rivale à l'époque sur le plan économique,

Londres, la différence est nette. L'Angleterre est en fin de période victorienne, marquée par un conservatisme très fort sur le plan politique et sur celui des mœurs. Pour en donner l'ampleur, je rappelle que le duc de Windsor doit abdiquer en 1936 après moins d'un an de règne et avant même son couronnement, parce que l'Américaine Wallis Simpson vient de divorcer une seconde fois pour l'épouser. Et je laisse deviner au lecteur où le couple a choisi de s'établir.

Cette vibration toute particulière de la *vie parisienne* du début du siècle dernier, de son romantisme, de sa beauté et de sa singularité, était même si puissante qu'elle se fait encore ressentir aujourd'hui. Néanmoins, le voyage en amoureux vers la tour Eiffel, par tout ce qu'il a d'initiatique, s'accroche forcément à un imaginaire un peu passé. Et, au-delà de cette démarche, Paris semble, un siècle après, avoir perdu un peu de sa superbe vis-à-vis des désirs contemporains. Il est encore difficile d'avoir du recul, mais le style de vie idéal du XXIe siècle n'a plus rien à voir avec celui des Années folles. La plupart des aspirations du début de la modernité ont vécu : de la littérature aux théâtres en passant par les sciences, les passions parisiennes se sont pour le moins estompées, elles ont été remplacées par un goût pour le sport, la nature et les images. On peut le regretter. Mais une chose est sûre : dans cette nouvelle configuration, Paris n'a plus la mainmise.

QUAND PARIS CESSE D'ÊTRE LA PREMIÈRE VILLE DU MONDE

Pour comprendre ce qui s'est passé, ce qui a quelque peu déclassé Paris, ce qui a altéré cette force d'attraction irrémédiable du monde vers lui, je crois qu'il faut se décentrer légèrement. Quitter la France et aller explorer quelques instants les États-Unis. En particulier une ville, qui succéda à Paris sur le toit du monde : New York.

La filiation entre Paris et New York est directe. Déjà pendant les Années folles, les artistes de Manhattan affluent dans les cabarets, théâtres et cafés parisiens. L'entente avec les Parisiens est parfaite : les idées circulent, les génies artistiques se mêlent et s'inspirent. Et, petit à petit, les événements et mouvements intellectuels s'y multiplient : en l'espace de vingt ans, dans l'entre-deux-guerres et surtout à partir de 1940, le statut de Ville lumière traverse l'Atlantique et bascule à New York. Le passage s'accélère bien sûr pendant la Seconde Guerre mondiale. Beaucoup d'intellectuels font le voyage, souvent sous la contrainte. À commencer par les Juifs, comme Hannah Arendt qui, après un séjour à Paris pour fuir le Reich en 1933, réussit à quitter définitivement l'Europe pour New York en 1941. Mais ce sont aussi les surréalistes qui trouvent asile dans la « capitale » américaine : André Breton y partage des séances de création avec Marcel Duchamp, bientôt rejoints par les Espagnols Dalí et Miró. Picasso, lui, envoie *Guernica* au MoMA en 1939 pour protéger son chef-d'œuvre du régime franquiste. Les comédies musicales de Broadway supplantent bientôt les cabarets parisiens : *West Side Story* se produit pour la première fois en 1957.

Et la magie va prendre. En quelques années, c'est comme si Saint-Germain-des-Prés avait déménagé à Manhattan. Loin de ralentir ce changement de capitale mondiale, la Libération et la fin de la Seconde Guerre mondiale consacrent la puissance américaine. Les chiffres sont connus : les États-Unis possèdent en 1945 les deux tiers du stock d'or mondial, leur dollar s'impose comme la monnaie la plus forte, leur territoire n'a subi aucune perte, leur plan Marshall permet de reconstruire l'Europe. Au cœur de cette superpuissance, New York s'impose comme la ville cumulant les pouvoirs économique, financier, géopolitique et culturel : le Financial District, le Lincoln Center, le MoMA, Times Square (ou *The Crossroads of the World*), le siège de l'ONU. La « ville qui ne dort jamais » devient la façade des États-Unis sur le monde, et à son tour, détrônant ainsi Paris, l'objet de toutes les inspirations. Soixante-dix ans après le cadeau de la statue de la Liberté fait par la France aux États-Unis pour célébrer leur déclaration d'indépendance, le flambeau de la Ville lumière est définitivement passé à la *City of Lights* au début des années 1950.

Néanmoins, avec New York, c'est encore le style parisien qui s'exporte et continue d'une certaine manière de rayonner. Marcel Proust aurait été étonné et très amusé de lire, quarante ans après *À la recherche du temps perdu*, le *Breakfast at Tiffany's* de Truman Capote qui explore la bourgeoisie artistique new-yorkaise de la fin des années 1950 : milieu qui ressemble étrangement au Paris des Années folles. Il en est parfois une copie légèrement grossière lorsque la haute société new-yorkaise s'empresse de prendre toutes les habitudes des Parisiens et d'adopter leur style de vie pour l'implanter dans les Hamptons, à la périphérie de New York. Si bien que, même avec une puissance politique et économique largement diminuée au lendemain de la Seconde Guerre mondiale, Paris reste solidement fixé sur la deuxième marche du podium des villes mondiales grâce à ses liens de parenté avec la « capitale » américaine.

L'exemple américain est intéressant car il nous sert ici de loupe : le basculement d'un idéal de vie très urbanisé, incarné par une capitale culturelle et économique, vers un style plus modeste et provincial s'y est produit de manière très brusque, ce qui le rend beaucoup plus visible que chez nous. Pendant les décennies d'après-guerre s'impose dans le « plat pays » un style de vie aux antipodes de ce qui fit la vie parisienne puis new-yorkaise : l'*american way of life*. Reposant sur la liberté et la recherche du bonheur, et non sur la sophistication et l'érudition, il ouvre un imaginaire tout à fait nouveau. Démocratie, système de production capitaliste et société de consommation constituent le triptyque clé pour l'épanouissement personnel et familial. L'automobile et la recherche d'un logement confortable poussent les populations loin de la densité de Manhattan. Entre 1940 et 1990, Manhattan perd 500 000 habitants, et la plupart des grandes villes de la côte Est connaissent le même mouvement. Autrement dit, grâce à une activité économique bien répartie sur le territoire en fonction des spécialités et d'un *american way of life* qui conteste le style de vie new-yorkais, les États-Unis échappent à la concentration de leur territoire. L'idéal américain se construit aussi sans verticalité ni mépris des grandes villes de l'Est, New York en tête, envers le reste du pays. Au contraire, le pouvoir culturel américain, le réacteur de son rayonnement et de l'inspiration qu'il produit sur le monde, vient du style de vie que l'on trouve dans d'autres villes et dans d'autres États, moins héritiers de l'Europe, et donc de Paris.

Ce modèle alternatif de l'*american way of life* se creuse dans les années 1960-1970, et les Trente Glorieuses en sont le versant français. Mais c'est dans les années 1980 que l'affirmation de ce style de vie proprement américain prend une tournure radicale. La présidence de Ronald Reagan, lui-même ancien acteur à Los Angeles, érige un contre-modèle qui s'apprête à dominer culturellement le monde pour quarante années : le *californian way of life*. Attention, il ne s'agit pas ici de la Californie du cinéma et du surf, de Los Angeles à San Diego : tant qu'il n'y avait que cela, elle restait un lieu de villégiature ou de paillettes sans jamais rivaliser avec New York. Mais en 1983, pour vaincre « l'empire du mal » soviétique, Reagan lance – sans renier ses racines dans l'industrie du cinéma – la « guerre des étoiles » : un projet de défense antimissile qui engage très vite tout le reste de l'économie. Les années 1980 constituent un moment d'accroissement de la production industrielle et de la recherche technologique, remarquable dans l'histoire américaine. Une région profite tout particulièrement des investissements réalisés dans le champ technologique, pour rapidement en devenir le leader américain et bientôt mondial : la Silicon Valley. Après avoir émergé dans les années 1940 avec des entreprises de semi-conducteurs (à base de silicium, en anglais *silicon*) comme Hewlett-Packard, après le boom des années 1980 et 1990 avec le lancement du Macintosh d'Apple en 1984, bientôt suivi par les créations de Yahoo en 1994, d'eBay en 1995, de Google en 1998, ou de Facebook en 2004, la région devient un mythe planétaire. Avec la *Valley*, la Californie acquiert la puissance économique qui lui manquait pour transformer son influence culturelle en modèle global. Au début des années 2000, elle reprend pour de bon le bâton de « capitale » mondiale grâce à cette conjonction d'une percée économique avec un style de vie. Et celui-ci s'impose comme nouvel idéal américain puis mondial : la décontraction et la maîtrise du temps des Californiens font rupture avec le caractère pressé, habillé, stressé des New-Yorkais. La montée de l'hédonisme et de l'individualisme l'a largement favorisé. Le soin du corps, sa musculation, son bronzage, son entretien reviennent en force, alors qu'ils ne s'étaient jamais imposés à Paris ni à New York – pour des raisons météorologiques évidentes, mais aussi profondément culturelles, puisqu'on préférait au sport ou aux activités de plein air le raffinement de la parure ou les activités de salon. Et la puissance culturelle de la Californie explose : à la force toujours incontestée d'Hollywood s'ajoute désormais la vague du « rap West Coast » qui connaît son âge d'or dans les années 1990 ; les *Lakers* de Kobe Bryant sont l'équipe la plus influente du monde ; Steve Jobs devient une sorte de gourou d'une génération née avec la tech.

LE STYLE DE VIE, RACINE DE LA NOUVELLE FIERTÉ PROVINCIALE

La Californie a renversé les idéaux de vie. À Paris ou à New York, il fallait avoir les codes ; en Californie, il vous suffit de savoir coder. Derrière ce petit jeu de mots, c'est un vrai changement de civilisation qui s'opère : on passe d'une civilisation du langage à une civilisation de l'image. La première, parce qu'elle s'appuie sur des conversations, suppose une unité de lieu et de temps : c'est la ville, et en particulier la capitale, qui est la mieux placée. Lorsque, au contraire, ce sont la technologie et les images qui deviennent les nouveaux moyens de communication et de hiérarchisation sociale, être excentré, en périphérie, ne pose plus de problème. C'est même l'originalité, le hors-du-commun qui sont valorisés alors que les images s'accumulent. À cet égard, la Californie surpasse la seule ville de New York par la diversité de perspectives qu'elle propose. Mais la province française aussi ! Et si le basculement vers le *californian way of life* outre-Atlantique sonnait en fait le glas de la suprématie du style de vie parisien, y compris en France ? Comme si les États-Unis avaient ainsi tranché le duel Paris-province ? Et si un nouvel idéal de vie français pouvait en fait prendre la forme d'un *provincial way of life* ?

Il est en soi marquant que l'idéal californien ne soit pas celui d'une ville seule et dominatrice, mais au moins celui d'un duo très complémentaire entre Los Angeles et San Francisco, et leur arrière-pays. En cela, ce leadership est beaucoup plus ouvert que le style de vie parisien ou new-yorkais, forcément citadin, *intra-muros*, exclusif. Paris et New York étaient les villes des *happy few*, de quelques heureux élus méprisant d'une certaine manière ceux qui n'en sont pas. Dans les imaginaires, la Californie est un idéal plus démocratique, plus horizontal, où l'on peut entreprendre à partir de rien, vivre en banlieue ou dans un « village » sans être exclu du mythe. Le slogan de l'État en dit beaucoup : « *Find Yourself Here* », « Trouvez-vous ici ». Autrement dit, il suffit d'être en Californie, d'y mettre un pied, pour ressentir son esprit, son inspiration et se définir soi-même – alors qu'on devient parisien ou new-yorkais en acquérant un certain nombre de codes. New York était la conformité, la Californie est l'épanouissement.

Cette victoire arrachée par la Californie sur New York requalifie tout à coup la province française pour qu'elle prenne sa revanche de style de vie sur Paris. Ce lien entre la Californie et la province française, en particulier la Normandie, est même très fort : aucune ville n'échappe à sa Normandy Avenue, et Beverly Hills est rempli de villas de style normand. On pourrait écrire un essai intégral sur ces racines normandes de la Californie. À partir des années 2000, pour les Parisiens se rêvant californiens, force est de constater que la meilleure copie en France se trouve en province. Paris est incapable de pivoter vers le modèle californien. La ville est trop dense, les possibilités de pratiques sportives y restent plus limitées, et elle ne parvient pas à se détacher de son rythme de vie. Et, n'en déplaise à Emmanuel Macron qui voit la Seine-Saint-Denis comme la prochaine Californie, dans une interview donnée au magazine *Zadig* en 2021, c'est la province qui en demeure largement la plus proche : les côtes du Sud-Ouest ou de la Méditerranée sur le plan du style de vie, et la vallée grenobloise ou la région lilloise sur le plan technologique. La Californie, qui est sans doute la région la plus dominante du monde sur le plan symbolique, a réarmé culturellement la province française. Elle lui a offert la possibilité de proposer une alternative crédible à Paris en matière de style de vie. Elle lui a aussi donné l'opportunité de l'afficher, et c'est sans doute là un des tournants majeurs de la revanche de la province.

Les réseaux sociaux, créés en Californie, sont en effet à l'origine d'un phénomène nouveau qui joue en faveur de la province : la prolifération des images. Sur ce plan, Paris a longtemps eu un monopole en France. La photographie, la peinture, le cinéma étaient des chasses gardées parisiennes. Du point de vue des artistes d'abord : les auteurs des images étaient tous parisiens et maîtrisaient le récit. Du point de vue des lieux affichés aussi, parmi lesquels Paris était surreprésenté. Les images de la province étaient réalisées par quelques photographes ou peintres parisiens avant qu'ils ne les rapportent à la capitale. Avec la multiplication des chaînes de télévision (à commencer par France 3 et ses antennes en région), l'avènement d'Internet et surtout les réseaux sociaux, la province a pour la première fois l'occasion de rivaliser en matière d'images. On filme les Cévennes ou le Lot beaucoup plus facilement, les reportages annuels réalisés aux Vieilles Charrues permettent de montrer le Finistère. La province s'expose, affiche son patrimoine, mais aussi ses lieux d'innovation, sa gastronomie, son espace et son temps. Et la crise Covid constitue sans doute l'apogée de la revanche provinciale des images :

tout à coup, pendant des mois de confinement ou des vacances que les Français ont pour l'essentiel passées dans l'Hexagone, les photos des séances de sport à la campagne ou du caractère paisible des petites villes de province postées quotidiennement sur les réseaux sociaux ont largement dominé celles des rues vides de Paris. Or, chacun connaît la puissance des images sur l'imaginaire. La province représentée, filmée, photographiée, instagrammée, s'est pour la première fois vraiment affirmée.

Cette fierté provinciale retrouvée est à l'origine d'un nouveau modèle de vie, qui s'est très vite démarqué à son tour du *californian way of life*. Celui-ci avait encore beaucoup de promesses non tenues : pollution excessive, soin du corps qui se transforme rapidement en culte du corps poussant une partie des Californiens à boire du sang de taureau et à faire des heures de CrossFit, terre de liberté qui se révèle être un foyer majeur d'inégalités. Bref, la Californie est loin d'être totalement désirable – et, à l'heure où j'achève cet essai, son modèle semble sur certains plans à bout de souffle. Surtout, la province s'en distingue sur bien des aspects. Il y avait donc besoin d'une nouvelle notion, d'un nouveau style, plus apaisé, moins excessif. Le *provincial way of life*, né en France dans la douleur – comme toujours en France – d'un grand abandon par Paris au début des années 1990, est une notion beaucoup plus juste. Dans un monde où le problème n'est plus l'ennui mais la sur-occupation, la sur-sollicitation du travail, des images ou des propositions culturelles, le rythme de vie provincial fait la différence. Il ralentit, apaise : la lenteur de la province, longtemps honteuse, est aujourd'hui le nouvel idéal. Là aussi visionnaire, Mauriac l'avait anticipé en 1926 : « La province commence d'avoir sa revanche : toujours plus nombreux sont ceux qu'assomme le vacarme des autobus, que le métro asphyxie. Le charme de Paris se dissipe. Jamais nous n'avons autant rêvé de paix et de silence. »

Ce n'est pas un hasard si je choisis d'écrire ce terme de *provincial way of life* en anglais. Cela souligne l'intérêt international que pourrait susciter le style français de vie provinciale. De la même façon, ce n'est pas un hasard si un réalisateur tel Wes Anderson rend hommage à une ville comme Angoulême dans *The French Dispatch* en 2021. Après une grande absence de vingt ans, la province française a trouvé les moyens d'influencer, d'inspirer, non seulement Paris, mais une partie du monde. Si l'on en croit une interview donnée par son frère, il y a vingt ans, le jeune Aurélien Cotentin traînait dans les rues de Caen avec un maillot de New York ; désormais devenu le chanteur Orelsan, il donne des concerts à New York, avec un maillot du Stade Malherbe de Caen sur le dos.

4

L'affirmation de la province d'outre-mer

L'histoire retiendra que l'ultime promotion de l'ENA, 2020-2021, a été baptisée « Aimé Césaire ». L'École de la haute fonction publique, institution à l'âme toujours aussi parisienne malgré le déplacement de ses locaux en province, à Strasbourg, en 1991, venait de choisir une des plus fortes figures de l'Outre-mer en guise de point final. Les élèves-fonctionnaires reconnaissent Aimé Césaire comme « ce combattant infatigable de l'égalité, défenseur des invisibles et des sans-voix ». Les invisibles et les sans-voix : voilà ce que seront restés, pendant plusieurs siècles, les ultramarins. S'il y a une revanche de l'Outre-mer, c'est d'abord d'avoir rendu visibles et audibles celles et ceux qui n'existaient pas pour la métropole. Que ce soient bien sûr les descendants des esclaves dont le *Code noir* de Colbert a nié l'humanité, ou les descendants de Békés, ces colons blancs installés aux Antilles, souvent enfants de modestes familles, soldats ou travailleurs européens. S'il y a une revanche de l'Outre-mer, elle est aussi modeste, discrète et naissante. Plus qu'ailleurs, il faut y parler de résilience, tant la désertification des services publics, le manque d'infrastructures, le taux d'inactivité et le niveau de pauvreté y atteignent leur paroxysme dans l'Outre-mer.

Mais la revanche de cette outre-province a-t-elle même quelque chose à voir avec celle de la province métropolitaine ? L'Outre-mer et la province ont-ils même un destin commun ?

La Guadeloupe, la Guyane, la Martinique, la Réunion, Mayotte, la Nouvelle-Calédonie, la Polynésie française, Saint-Barthélemy, Saint-Martin, Saint-Pierre-et-Miquelon, les Terres australes et antarctiques françaises et les îles Wallis et Futuna. Douze territoires qui confèrent aujourd'hui à la France la deuxième zone maritime – « Zone économique exclusive » – du monde derrière les États-Unis, une présence sur tous les continents, un potentiel énergétique majeur, un accès stratégique à des métaux rares. Mais ce sont surtout douze territoires qu'on était habitués à ne pas voir, que la France s'était satisfaite de cacher, tantôt par indifférence envers un exotisme dont la seule utilité serait la distraction, tantôt par honte d'un passé colonial d'exploitation et d'esclavage qui ne passe pas. Exploitation contre indifférence, telle a longtemps été l'équation qui a structuré le rapport de l'Outre-mer à la capitale.

Cette équation était bien plus rude que l'équilibre entre une véritable dépendance et un franc mépris qui régnait entre Paris et la province : celui-ci était au moins le signe d'une considération, peu valorisante certes, mais qui en reconnaissait l'existence. L'Outre-mer, lui, n'a jamais eu de solidarité de destin avec la métropole : ni avec Paris ni avec la province. C'est d'ailleurs la province qui a le plus organisé la traite négrière et l'exploitation de ces territoires d'outre-mer. Elle a utilisé cette tierce zone riche en coton, en canne à sucre ou en morue, pour construire la fortune qu'elle imaginait comme la seule issue à son complexe d'infériorité sur la capitale : ainsi de quelques grandes familles marchandes nantaises, bordelaises ou havraises. Bien avant Aimé Césaire représentant l'ENA, l'Outre-mer était l'arrière-monde occulté par une province elle-même méprisée par Paris.

Là aussi, le basculement est en train de se produire. Et il est forcément plus brutal. L'Outre-mer était une face cachée du territoire et de l'imaginaire français ; il devient une chose en vue. Il aura fallu qu'elle soit abandonnée par Paris dans la mondialisation, pour que la province se rende compte de la force des liens qui l'unissent à l'Outre-mer. En commençant sa revanche, la province n'a plus oublié l'ultra-marin : elle en a fait un de ses fers de lance.

LA PROVINCE DE LA PROVINCE : LA TÂCHE COLONIALE

L'Outre-mer est une idée récente. De leur conquête coloniale à la conférence de Brazzaville en 1944, au cours de laquelle le général de Gaulle rompt avec le Code de l'indigénat et rallie ces territoires à la France Libre, « les îles » sont l'arrière-garde de l'empire français. Pendant tout juste trois siècles, éloignés de la métropole par des milliers de kilomètres, souvent oubliés au profit de colonies africaines ou asiatiques jugées plus sensibles, les douze territoires que l'on désigne aujourd'hui comme « outre-mer » sont une annexe, un à-côté du territoire, qu'il convient d'ignorer et d'exploiter – l'indifférence autorisant en fait une exploitation bien plus efficace. Pendant ces trois siècles, l'Outre-mer est complètement en dehors, par-delà la province : d'abord parce qu'il n'est pas entièrement assimilé au territoire français, mais surtout parce que c'est la province elle-même qui organise son exploitation. S'il y a une séparation importante entre Paris et la province, la scission entre la province et l'Outre-mer est béante. L'Outre-mer est même une des rares choses qui peut rassembler Paris et la province : la seconde s'enrichissant avec l'Outre-mer pour mieux faire rayonner la capitale. L'Outre-mer est l'outre-province de la province.

La synchronicité de leur naissance est en soi frappante. Rappelons-nous. Vers 1650, Louis XIV convoque la grande noblesse à Versailles où il installe sa cour : cette rupture culturelle entre Paris et le reste du pays, doublée d'une doctrine colbertiste qui définit les rapports économiques à la capitale, fait naître en quelques décennies à peine l'espace « provincial ». Mais, au même moment, c'est aussi le premier empire colonial français qui se structure. La stratégie maritime commencée par Richelieu, Premier ministre de Louis XIII à partir de 1624 et jusqu'à sa mort en 1642, était à l'origine d'une première vague de colonisation des territoires d'outre-mer. Quelques années après, Louis XIV reprend cette expansion maritime à son compte. La mer est au cœur des plans économiques de son ministre Colbert, qui organise l'exploitation des premières îles conquises dans l'Atlantique et l'océan Indien. La Guadeloupe et la Martinique devenues françaises en 1635 et Saint-Domingue (française de 1690 à 1804) sont rapidement les premières exportatrices mondiales de canne à sucre, de goyave et de tabac : Saint-Domingue produit 85 % du sucre mondial. Saint-Pierre-et-Miquelon, octroyé à la couronne française à la toute fin du règne de Louis XIV, en 1713, fait de l'empire français une puissance de pêche majeure. La Réunion, appropriée au nom de Louis XIII en 1642, est utilisée pour la production de café.

Depuis la métropole, ces « vieilles colonies » du premier empire restent néanmoins hors champ, invisibles. On connaît leur sucre, leur café ou leur alcool, mais très peu de gens s'y aventurent ou les décrivent : il faut attendre le premier roman de Victor Hugo, *Bug-Jargal* (1826), un conte sur la première grande révolte des Noirs de Saint-Domingue en 1791, pour que soit posé un regard un peu plus aiguisé et intéressé sur l'Outre-mer. C'est même l'endroit où l'on envoie de fait les personnalités ou les choses que la métropole souhaite cacher, invisibiliser. La Guyane est une colonie pénale : son bagne ouvert après la Révolution accueille des prisonniers et les oblige aux travaux forcés jusqu'en 1953. Dans un tout autre registre, la Réunion est longtemps une île de fête pour la jeunesse de la haute bourgeoisie ou de la noblesse française : Baudelaire en est un des premiers touristes dans les années 1840.

Ce que l'on cherche le plus à cacher, pas encore par honte mais davantage par indifférence, c'est le nouveau commerce triangulaire qui s'instaure entre l'Europe, l'Afrique, et l'Amérique et les Caraïbes. Dans ce cas précis, entre l'Afrique subsaharienne, la côte ouest française et les colonies antillaises : la traite négrière. En effet, très vite, les premiers Békés, colons blancs européens envoyés sur place autour d'un maître plus riche – ceux que l'on a surnommés les « 36 mois » en référence à la durée de leur premier contrat –, ne suffisent pas à assurer le rythme d'exploitation des plantations. La métropole, et plus précisément les provinces portuaires de l'ouest du pays, y voit l'occasion de s'enrichir démesurément. Sur la période qui court entre 1642 et 1848 (à l'exception de la brève parenthèse révolutionnaire), pendant laquelle l'esclavage est légal en France et même codifié par le *Code noir* (1685) de Colbert, plusieurs millions d'esclaves sont déplacés vers les Antilles françaises dans des navires initialement partis des ports de Nantes, Bordeaux, Le Havre, La Rochelle. La négation des droits humains de la population devenue majoritaire dans les îles françaises – aux Antilles françaises, les esclaves représentent rapidement plus de la moitié de la population – et, après 1848, le silence presque post-traumatique fait sur cette Histoire font partie des leviers principaux de l'indifférence de la métropole à l'égard des îles d'outre-mer. L'équation s'énonçait ainsi : les îles étaient loin, cachées, invisibles, et tant mieux, si l'on considère ce qu'on en faisait.

Même après l'abolition définitive de l'esclavage en 1848 en France, cette logique d'exploitation – cette fois-ci rémunérée – contre l'invisibilité perdure. Lorsqu'il construit le second empire colonial français notamment en conquérant une partie de l'Afrique de l'Ouest, de l'Algérie, de l'Indochine, Napoléon III s'adjuge plusieurs îles. La France avait acquis Mayotte en 1841, mais c'est vers le Pacifique que se tournent l'Empire et la IIIe République : la Nouvelle-Calédonie et la Polynésie française finissent de rejoindre le giron français respectivement en 1853 et 1880. La Nouvelle-Calédonie devient vite à son tour un bagne, puis une terre d'extraction du nickel. La Polynésie exporte massivement ses perles… et sert jusqu'à la fin des années 1990 de centre d'essais nucléaires pour la France. Exploitation contre indifférence.

La tâche coloniale encore largement visible, la plaie largement ouverte, est à l'origine d'un long passage sous silence. Dès 1880, les douze territoires ultra-marins sont donc réunis au sein de l'empire. Pourtant, il est difficile de parler à cette date de « l'Outre-mer » tel que nous le connaissons aujourd'hui. Il reste à part, presque mis sous le tapis de l'Histoire. La première raison est la différence de traitement accordé par rapport à la métropole : les territoires ultra-marins de l'empire ne font pas à proprement parler partie intégrante du territoire national. Il faut en effet attendre la IIIe République et 1870 pour que les « vieilles colonies » – les Antilles, la Guyane, la Réunion, Saint-Pierre-et-Miquelon – soient assimilées au territoire français, que leurs habitants obtiennent le statut de citoyens français et qu'ils aient la possibilité d'envoyer des députés à Paris. Quant aux autres territoires d'outre-mer, il faudra attendre la conférence de Brazzaville en 1944 pour qu'ils se voient attribuer ce statut. Avant cette date, l'Outre-mer est hors de l'Histoire : à Paris, on ne sait rien, ou presque, de ce qui s'y passe. Cette occultation est bien plus forte que le mépris de Paris à l'égard de la province : cette fois-ci, rien ne sert de se moquer puisque l'on peut cacher, négliger, oublier. C'est d'autant plus frappant que certaines provinces métropolitaines ont été acquises par la France bien après les territoires ultra-marins : les États de Savoie ou le comté de Nice ont été alternativement indépendants et ont fait partie du royaume d'Italie jusqu'en 1796, puis de 1815 à 1860. La seconde raison qui préside à cette non-naissance de l'Outre-mer est la subsistance de l'empire colonial. Un empire dont ces douze territoires, entre les colonies et la métropole, ne sont pas les zones les plus sensibles économiquement et géopolitiquement, parfois considérés comme des bases arrières, de toute façon trop petites. Mais un empire qui, à force de se déliter après la Seconde Guerre mondiale, fait se braquer les projecteurs vers les foyers de tension en Afrique subsaharienne, en Afrique du Nord bien sûr, et en Extrême-Orient.

LA FIN DE L'INVISIBILITÉ DE LA PROVINCE D'OUTRE-MER

Ce n'est qu'une fois la décolonisation achevée en 1962, avec l'indépendance de l'Algérie, que l'Outre-mer peut véritablement naître et se construire. Le nombre de territoires est stabilisé : cinq départements et régions d'outre-mer (les anciens DOM) et sept collectivités d'outre-mer (les anciens TOM).

La mondialisation qui commence dès les années 1960 et s'accélère dans les années 1990 est aussi un fort accélérateur pour l'Outre-mer. Sa population double en trente ans. L'expansion du transport aérien démultiplie l'accessibilité de l'Outre-mer, rendant ces douze territoires visibles, tangibles, sensibles pour la métropole et sa classe moyenne, mais également pour l'étranger. Les territoires d'outre-mer français bénéficient aussi d'une localisation de choix dans des régions particulièrement puissantes ou émergentes dans les flux de la mondialisation. Que ce soit pour les Antilles avec les États-Unis bien sûr, ou pour la Réunion avec l'Inde ou encore la Nouvelle-Calédonie avec la Chine. Et chaque territoire a choisi la spécialisation la plus opportuniste dans la mondialisation. Saint-Barthélemy, Saint-Martin ou la Polynésie misent beaucoup sur le tourisme américain, russe et asiatique. La Nouvelle-Calédonie prend une autonomie économique, en se tournant notamment vers la Chine, pour y exporter 90 % de son « or vert », le nickel, dont elle détient 30 % des réserves mondiales connues.

Simultanément à cette sortie d'une dynamique d'exploitation, il fallait forcément associer son corollaire : la sortie de l'indifférence et de l'invisibilité. Là aussi, la mondialisation change la donne. La généralisation du numérique a ouvert une civilisation de l'image à partir des années 2000. L'Outre-mer avait des atouts à faire valoir ; il s'en est saisi. D'abord en affichant ses paysages et sa nature : des eaux turquoises polynésiennes, martiniquaises et guadeloupéennes au piton de la Fournaise réunionnais, en passant par la mangrove guyanaise, les territoires ultra-marins ont de sérieuses sources de fierté. Dans un monde qui s'urbanise, stéréotypé, pollué, saturé et en constante accélération, l'Outre-mer affiche fièrement un contre-modèle : des espaces naturels préservés, à la faune et à la flore rares, où le temps semble parfois s'arrêter. La visibilité nouvelle de l'Outre-mer concerne aussi les corps. Le métissage qui y avait lieu depuis plusieurs siècles – et qui est longtemps resté l'objet de discrimination – est devenu un modèle dans la mondialisation. Culturellement mais aussi, tout simplement (même si le renversement est majeur), esthétiquement. Les sportifs, mannequins, chanteurs, acteurs nés ou originaires de l'Outre-mer ont pris la place qui leur revenait dans l'espace médiatique et visuel. Ils imposent des modèles, des représentations pour que les ultra-marins se projettent.

Dans la mondialisation, l'Outre-mer a retourné l'équation d'exploitation et d'indifférence, par l'association d'une spécialisation choisie de l'économie et d'une visibilité source de fierté pour les locaux.

Pas d'illusion néanmoins : cette transition ne s'est pas faite seule, encore moins à l'initiative de Paris et de la métropole. La réussite de cette entrée brutale dans la visibilité doit beaucoup à un sursaut, un bond même, sur le plan politique. Ses prémisses sont intellectuelles et viennent notamment des Antilles dans l'entre-deux-guerre. Le Martiniquais Aimé Césaire et le Guyanais Léon-Gontran Damas lancent avec Léopold Sédar Senghor le mouvement de la négritude à partir de 1936. Avec les « Armes miraculeuses » des mots – du nom d'un des plus beaux recueils de Césaire –, ils affichent la culture noire, ses caractéristiques, ses valeurs, son esthétique. Ce qui était caché ou inaudible est désormais écrit « miraculeusement », inaliénable, visible. En rejetant « l'image du Noir paisible, incapable de construire une civilisation », ce sont plusieurs siècles de négation de l'homme noir que Césaire, Damas et Senghor ont attaqués de plein fouet. Pour opposer à cette négation un pied de nez, une provocation, un retournement du stigmate : la fierté d'être noir, l'affirmation de la négritude. Ce renversement de l'insulte en puissance est un fait culturel majeur pour tous les territoires d'outre-mer, y compris dans le Pacifique. Il pose les fondations d'un sursaut politique.

Déjà dans les années 1980, c'est la Nouvelle-Calédonie qui est au cœur de cette résilience et de ce sursaut ultramarin. Entre 1984 et 1988, la violence sur l'archipel est à la hauteur de la négation séculaire des Kanaks : ce sont quatre années de quasi-guerre civile entre loyalistes et indépendantistes que traverse l'archipel. Les accords de Matignon et la poignée de main entre le loyaliste Jacques Lafleur et l'indépendantiste Jean-Marie Tjibaou permettent de sortir de la crise par le haut : une autonomie est accordée et un référendum sur l'indépendance des Calédoniens est programmé. À la veille du processus d'intégration monétaire qui précédera la naissance de l'euro dans l'Union européenne, ces heurts conduisent Paris à la table des négociations à Tahiti et à Nouméa pour proposer aux indépendantistes une autonomie renforcée, avec notamment la préservation d'une monnaie locale : le franc pacifique. Cela peut sembler un compromis de négociation banal, mais c'est bien plus que cela. Un vrai basculement politique : pour la première fois, l'Outre-mer oblige Paris à composer avec lui.

Lorsque vient le moment d'abandonner la province dans la mondialisation au début des années 1990, la question se pose donc dans des termes plus ambigus pour l'Outre-mer. Paris doit être plus prudent. Comment abandonner économiquement un territoire déjà pleinement occulté culturellement et politiquement ? Comment préserver un sentiment d'appartenance au territoire français quand désertification des services publics et absence d'infrastructures se mêlent à l'invisibilité des ultra-marins dans les représentations françaises ? ou à des représentations parfois racistes quand elles existent ? Comment éviter que l'esprit de rébellion, de ce qu'on a appelé pudiquement les « événements » d'Ouvéa de 1984 à 1988, ne se propage aux onze autres territoires d'outre-mer ? Contrairement à la Creuse, que Paris n'avait aucun problème à abandonner économiquement, puisqu'elle ne présentait que très peu de velléités d'autonomie ou d'indépendance, le largage de l'Outre-mer est un sujet sensible. Il est donc moins franc. Cela ne veut pas dire pour autant que Paris a remplacé la province par l'Outre-mer pour y installer ses usines. La précarité économique et sociale à laquelle sont confrontés les territoires ultra-marins reste un défi majeur. Le taux de pauvreté y est particulièrement marqué et sans commune mesure avec celui de la métropole : il atteint même 77 % à Mayotte et 53 % en Guyane. La population y est très vieillissante, avec un solde migratoire qui reste toujours négatif et des naissances de moins en moins nombreuses. La dépendance énergétique, économique et sociale de l'Outre-mer envers la métropole reste une faiblesse majeure à sa résilience et à son autonomisation – et les investissements possibles dans les énergies renouvelables, notamment, sont encore loin d'être à la hauteur de l'urgence.

Mais la mondialisation a tout de même largement rebattu

les cartes des rapports entre Paris, province et Outre-mer. Paris en a profité pour larguer la province métropolitaine dès les années 1990. L'Outre-mer s'en est au contraire servi pour construire et imposer sa considération, son existence. En fait, la mondialisation a déclenché un rapprochement entre la province et l'ultra-marin. Dans une forme non seulement de difficultés économiques et sociales, mais aussi de proximité de styles de vie, de rapport à la nature et au temps, la province et l'Outre-mer ont pour la première fois trouvé une solidarité de destin. Laurent Voulzy l'a chantée en 1995 – la date n'est pas indifférente : « Belle-Île-en-Mer, Marie-Galante, c'est l'eau qui vous sépare, et vous laisse à part ». Sonnée par le largage par Paris, la province a aussi identifié ce qui la liait à l'ultra-marin. Qu'une île au large de la Bretagne est sans doute plus proche de la Guadeloupe que de la capitale. À bien des égards, l'Outre-mer a fait son entrée dans la province à ce tournant des années 1990. La rupture qui existait entre la province et son outre-province jusqu'aux années 1960 s'est peu à peu transformée en continuité.

UNE REVANCHE ULTRA-MARINE

Il faut revenir plus spécifiquement sur l'année 2021. Non que des tendances nouvelles y soient apparues, mais on a pu y constater de nombreux signes de l'émergence ultramarine. Après la visibilité durement obtenue, les ultramarins entrent dans une phase d'affirmation. Les objectifs sont différents. La première période correspondait à un besoin de considération, d'identification, presque d'existence. Elle venait à contre-pied de plusieurs siècles d'indifférence ou de racisme et a permis à l'Outre-mer de trouver une place dans le territoire, dans l'imaginaire et dans la politique française. La période qui s'ouvre désormais vise l'intégration pleine : il ne s'agit plus d'être simplement remarqué ou identifié, mais d'avoir sa juste place, de participer et de construire le destin français avec le reste du pays. C'est la revendication d'une force ultra-marine qui s'impose à la métropole pour prendre part à l'avenir économique, géopolitique et culturel du pays.

Le premier élément d'affirmation se situe sur le plan de la langue. Paris avait construit son rayonnement, sa domination, presque sa civilisation, sur une pureté de la langue. Déjà en métropole, le niveau de langue, les accents ou les tics de langage ont longtemps constitué la clé de voûte du mépris de Paris envers la province : un non-dit discriminant immédiatement le jeune arriviste provincial du Parisien installé. Alors, vis-à-vis de l'Outre-mer, dans lequel s'inventait un nouveau langage, à l'intersection du français et des langues locales, la dévalorisation a longtemps atteint des sommets. Comme sur le plan du métissage, les années 1990 ont marqué la réhabilitation de cette créolisation de la langue, qu'Édouard Glissant avait définie comme « la rencontre, l'interférence, le choc, les harmonies et les disharmonies entre les cultures ». La mondialisation était, selon lui, un moment d'archipelisation et de créolisation du monde entier : il a vu juste sous bien des aspects. Dans ce monde globalisé, de fait métissé et créolisé, l'Outre-mer n'est plus à l'origine d'une altération de la langue, mais de son enrichissement. C'est cette amélioration du français que récompense le prix Goncourt attribué à Patrick Chamoiseau en 1992 pour *Texaco*.

Cette affirmation linguistique de l'Outre-mer est à l'origine d'une affirmation politique. Pour la rendre possible, il fallait d'abord que les scènes politiques locales retrouvent leur crédibilité. C'est chose faite avec la fin progressive d'une forme de clientélisme qui régnait encore dans l'Outre-mer : du départ de la vie politique de Gaston Flosse en Polynésie en 2004 à celui de Didier Robert à la Réunion en 2021. Il fallait aussi des personnalités puissantes, qui soient les visages de cette affirmation. L'une d'entre elles la symbolise tout entière, dans sa chair, sur le plan de la langue et sur le plan de la politique : celle bien sûr de Christiane Taubira. Personnalité politique et littéraire, infiniment clivante dès 2001 et la loi qu'elle porte pour faire reconnaître l'esclavage comme crime contre l'humanité, reçue comme un affront par une partie de la métropole. Puis de même lors de sa candidature à l'élection présidentielle en 2002, qui lui vaudra longtemps de porter le fardeau de l'élimination au premier tour de Lionel Jospin, homme du VIe arrondissement de Paris s'il en est. Jusqu'à la seconde loi Taubira, mesure la plus marquante du quinquennat Hollande, pour le « mariage pour tous » cette fois-ci, où l'originaire de Cayenne réussit avec brio dans un combat jusqu'ici surtout mené par des associations très parisiennes. Une maîtrise de la langue et de la tribune, et une inflexibilité politique. Voilà le style Taubira. Elle divise, elle fracture parfois, mais elle reste une boussole, en dépit du fiasco de sa dernière candidature à l'élection présidentielle. Mais aussi, et c'est sans doute plus important, elle est un repère pour des jeunes femmes et des jeunes hommes d'outre-mer, de Guyane et d'ailleurs, qui voient avec l'ancienne garde des Sceaux se dessiner la possibilité d'une affirmation. Taubira, c'est aussi l'Outre-mer qui s'autorise à être puissant, à prendre son destin économique et politique en main, et à se mettre au centre de l'échiquier. Après le travail effectué par Césaire pour représenter les invisibles et les sans-voix, Christiane Taubira donne la preuve vivante que l'Outre-mer peut compter.

En 2021, c'est la dernière étape du processus de référendum initié en 2018 en Nouvelle-Calédonie qui marque le plus cette affirmation ultra-marine, à la croisée des enjeux culturels, politiques, géopolitiques et économiques. Le cycle avait commencé par un geste fort de la part du président de la République, symbolisant la sortie de l'ère de l'exploitation et de l'indifférence : Emmanuel Macron avait en effet remis aux Calédoniens l'acte de prise de possession de l'archipel en 1853, jusqu'ici conservé aux Archives nationales à Paris. Mais cette fois-ci, autant que symbolique, l'enjeu des trois référendums de 2018 à 2021 était surtout stratégique. Paris s'est rendu compte, avec la mondialisation mais aussi avec le basculement des tensions géopolitiques vers l'Asie, que les puissances régionales n'étaient pas indifférentes, voire qu'elles étaient prédatrices par rapport aux archipels calédoniens. C'était en particulier le cas de la Chine, principal bénéficiaire du nickel calédonien, y multipliant les investissements directs et tentant de pousser pour l'indépendance. Alors que l'année 2021 a aussi été marquée pour la France par la crise avec l'Australie et les États-Unis à la suite de la perte du contrat des sous-marins australiens, une nouvelle perte de terrain dans le Pacifique aurait été catastrophique pour la puissance française. Pour la première fois dans l'histoire du pays, ce référendum en Nouvelle-Calédonie pose un constat vertigineux : une partie substantielle de la puissance française et de son positionnement dans la région la plus importante géopolitiquement au XXIe siècle repose sur un territoire de moins de 20 000 km^2 et de moins de 300 000 habitants.

Telle est l'affirmation de l'Outre-mer qui débute en 2021 : ce n'est ni une province de seconde zone ni un territoire en scission – le vote « non » au référendum sur l'indépendance de la Nouvelle-Calédonie et l'absence de réaction positive des Guadeloupéens lorsque le ministre des Outre-mer Sébastien Lecornu leur a proposé d'ouvrir un débat sur l'« autonomie » de l'île en sont symptomatiques.

On pouvait d'ailleurs prévoir que cette recomposition symbolique entre métropole et Outre-mer allait placer la Corse dans une zone de tensions. La Corse est en effet cette partie de la France ni tout à fait dans l'Outre-mer, ni tout à fait dans la province. L'affirmation de la France d'outre-mer, d'une part, et la revanche de la province métropolitaine d'autre part ne pouvaient laisser la Corse indifférente. Au printemps 2022, à l'heure où j'écris ces lignes, se manifestent les premiers signes d'une nouvelle séquence corse, différente dans ses causes de toutes celles qui l'ont précédée. Il faudra y être attentif.

Ainsi l'Outre-mer devient-il un endroit qui compte pour la nation. La prise de conscience de la mondialisation et des possibilités qu'elle offre a aussi provoqué un sursaut des territoires ultra-marins : ils ne sont plus des arrière-mondes ou des outre-provinces, mais des bases avancées dans des zones où le pouvoir économique et géopolitique mondial s'est déplacé (Amérique et Asie). La Guyane n'est plus le bagne, mais la connexion française au poumon de l'humanité en Amazonie. La Polynésie française n'est plus un terrain d'essais nucléaires hors champ vu de la métropole, mais un des arguments de poids pour que le dossier de Paris soit enfin sélectionné pour les jeux Olympiques de 2024 avec un spot de surf convaincant. La Nouvelle-Calédonie n'est plus un caillou au milieu du Pacifique, mais une position stratégique. Cette affirmation est aussi à l'origine d'une organisation nouvelle du territoire français entre Paris, province et Outre-mer. Elle était pyramidale et fracturée : la revanche de la province et l'affirmation de l'Outre-mer ont permis de l'aplanir et de la mettre en continuité. L'Outre-mer ne peut plus être une province de seconde zone.

5

Paris sommé de se redéfinir

Après ce tour d'horizon provincial, me revoilà à Paris. Exactement une génération après le largage de la province, la capitale est à la croisée des chemins. Alors qu'elle avait joué, depuis l'Ancien Régime, à diviser pour mieux régner, elle fait de nouveau face depuis quelques années à des ensembles constitués, affirmant fierté et autonomie économique, dans les régions métropolitaines et les territoires d'outre-mer. Comme une ruse de l'Histoire, son plan initial d'abandon a fait volte-face pour lui exploser à la figure. Libéré de ce qu'il croyait être son boulet – qui s'est révélé après coup une cuirasse protectrice –, Paris en a aussi subi de plein fouet les aléas, les limites brutales : crises financière, sanitaire, environnementale. La province a emprunté le chemin contraire. Confrontée de force à ces effets pervers dès le début des années 1990 avec les premières délocalisations et la raréfaction progressive des services publics, elle se reconstruit depuis plusieurs années dans un rapport beaucoup plus équilibré entre la mondialisation et son propre appareil productif, sa propre identité. La pandémie a été le révélateur le plus franc de ces dynamiques, prenant Paris au piège de sa dépendance envers l'industrie chinoise pour la production de masques en particulier, tandis que les usines textiles de province se remettaient en route pour renflouer les stocks. Après trente années vécues en faisant chambre à part, dans le non-dit du largage, la tête du pays avait besoin d'un coup de main, et peut-être aussi d'un coup de pied bien placé : peu glorieux.

De là à parler de rééquilibrage du territoire ? Je crois qu'il ne faut pas aller trop vite. Tous les signes et les tendances qui pointent vers une revanche de la province ne doivent pas faire oublier qu'il s'agit d'un phénomène en puissance, en train de se révéler clairement, mais en aucun cas d'un renversement abouti, acté. À cet égard, Paris demeure la capitale du pays. Il est bien sûr irremplaçable sur le plan politique. Malgré les lois successives de décentralisation, les institutions nationales majeures y siègent toutes, et l'âme de la Ve République, du palais de l'Élysée aux hôtels ministériels, est parisienne. La concentration du capital financier et des plus grands sièges économiques y demeure intacte. Et l'activité culturelle y est toujours majoritairement concentrée : quelques semaines de tournée provinciale précèdent souvent plusieurs mois de représentations parisiennes. Paris reste la ville française où l'on a *accès*. Accès à l'information, à la culture, à la mode, à certaines carrières économiques, politiques ou culturelles, à l'Histoire, à une vie nocturne singulière. Où l'on a accès, c'est-à-dire la possibilité d'approcher, de pénétrer, d'arriver. Et la persistance romanesque du provincial qui « monte à Paris » conserve son actualité jusque dans les romans d'Édouard Louis ces dernières années. Par opposition à la province que Bourdieu définissait justement par sa distance et ses portes fermées sur tous ces items précédemment cités, Paris est un champ des possibles.

Pourtant, en prenant sa revanche, la province est en train

de combler une partie de cette distance. D'abord parce que certaines problématiques d'accès sont réglées ou presque. Avec la presse en ligne, la multiplication des chaînes de télévision et les réseaux sociaux, le niveau d'accès à l'information est quasi nivelé : à part quelques journalistes pour lesquels les cafés parisiens demeurent des lieux de *scoops* ou de *offs*, la possibilité de savoir, de connaître, est égale à Paris et en province – il faut rappeler qu'il n'y a pas si longtemps Matignon et l'Élysée avaient *Le Monde* à 11 heures du matin alors que la province l'aurait le lendemain par le train de Paris. De même, le développement des transports à grande vitesse et du numérique facilite largement le développement d'une activité entrepreneuriale loin de Paris, voire d'une vie en province couplée à une activité professionnelle parisienne. La revanche de la province, à mesure que progressait la conscience écologique, a modifié notre définition même du « champ des possibles ». Parce que, au-delà du capital économique, culturel, historique, ces deux basculements ont introduit de nouvelles richesses, et donc de nouveaux rapports de force, que le sociologue Bruno Latour appelle « géosociaux ». Au premier rang de ces nouvelles richesses, il y a le territoire. L'accès au territoire, c'est non seulement la garantie d'un espace pour construire et se construire, mais aussi une sécurité alimentaire, environnementale et donc sanitaire, industrielle. C'est en plus une identité authentique, sincère, un *enracinement*, pour reprendre le terme de Simone Weil qui est d'une actualité frappante. Enracinements que la mondialisation a fait vaciller entre l'illusion d'un « village global » et celle d'une identité national(ist)e. Et force est de constater que Paris manque cruellement de territoire : Paris est en 2020 la sixième ville la plus dense du monde, avec plus d'habitants au kilomètre carré qu'à New York ou à New Delhi. Plus qu'un rééquilibrage des rapports avec Paris, la revanche de la province est à l'origine d'une nouvelle donne territoriale. On le doit à une nouvelle phase de mondialisation, plus étatiste et moins financière, au surgissement des enjeux environnementaux, et surtout à la province elle-même. Il s'agit d'un changement fondamental des règles du jeu avec la capitale : un jeu sur lequel sa domination est moins nette, moins systématique sur chaque aspect, moins nécessaire aussi à la cohésion du territoire.

Face à cette nouvelle configuration du territoire français, et à ce constat de relative normalisation par rapport à la province, deux réactions sont envisageables pour Paris. Dans les deux cas, les conséquences pour la capitale seront gigantesques. Cependant, un scénario – c'est la thèse que soutient cet essai – est préférable à l'autre, pour Paris comme pour la province. Ces deux tendances sont en fait déjà à l'œuvre, de façon inconsciente, à Paris : quantité de signes pointent dans ces deux directions opposées, les rendant bien souvent illisibles. Mais cette illisibilité provient bien plus profondément d'une incompréhension du nouveau rôle de Paris dans la nation, par les Parisiens en général, que d'une mauvaise intention politique de la part d'Anne Hidalgo en particulier. Sans nullement intervenir dans la querelle sur ses qualités de maire, il faut admettre que son entrée à l'Hôtel de Ville coïncide avec l'émergence de cette dissonance cognitive, cette hésitation fondamentale, des Parisiens sur le futur qu'ils souhaitent donner à leur ville. Comment préserver la splendeur de Paris sans tomber dans les apparats d'une ville-musée et d'un centre commercial de luxe ? Comment réintroduire de l'authenticité à Paris sans altérer la « plus belle ville du monde » ?

LE SPECTRE D'UNE CAPITALE BARRICADÉE

Même s'il n'est pas encore bien saisi, conscientisé par les Parisiens et par les provinciaux eux-mêmes, ce *comeback* provincial, doublé d'un certain déclassement de Paris parmi les villes mondiales, a mis la capitale sous tension. Une partie des Parisiens – sans intentionnalité particulière – a ressenti et interprété la revanche de la province d'abord comme un relâchement, de la part de Paris, de ce qui fait d'habitude sa grandeur. Au-delà de l'instrumentalisation politique qui en a été faite, le mouvement #SaccageParis est symptomatique de ce sentiment de perte de contrôle, de banalisation et donc d'enlaidissement de la capitale. Cette mise en cause de l'installation de pistes cyclables, de trottinettes, de bacs végétalisés exprime aussi le refus parisien du nivellement de la mondialisation, d'une part, et de l'affirmation provinciale, d'autre part, le refus de devenir une ville comme une autre, normale. Or, pour la première fois, Paris n'est plus tout à fait à part, plus tout à fait épargné par les maux qui touchent le reste du territoire et de la société française. Les crises se voient même, et parfois surtout, sur la tête du pays, la capitale, qui avait pourtant pour habitude de les laisser à la province. La crise terroriste a d'abord touché Paris, en particulier en 2015, des attentats de *Charlie Hebdo* et de l'Hyper Cacher à ceux du 13 novembre. La crise sanitaire y a été, presque à chaque vague épidémiologique depuis mars 2020, plus aiguë que sur le reste du territoire, tant en ce qui concerne le nombre de cas, les difficultés des hôpitaux, que l'impact des confinements et couvre-feux sur ceux vivant dans les plus petits appartements. Pendant le quinquennat 2017-

2022 d'Emmanuel Macron, les conflits sociaux ont germé comme jamais depuis 1968, une partie des Gilets jaunes s'attaquant, parfois violemment, à tous les symboles parisiens, Champs-Élysées en tête. Les difficultés liées aux migrations, qu'on aurait pu croire cantonnées aux cols alpins et au littoral calaisien, se sont rendues visibles à Paris, jusqu'à ce qu'un campement de fortune de cinq cents migrants soit installé place de la République en novembre 2020, après leur exclusion d'un camp à Saint-Denis. Les ravages de la consommation des drogues les plus dures trouvent leur point culminant dans le XVIIIe arrondissement de Paris, sur la colline du crack. Les finances publiques de la ville ne sont pas moins dans le rouge que celles du pays. Et, de façon plus anecdotique, la propreté de la ville est désormais la cible des critiques d'une grande partie des Parisiens. En somme, Paris, qui montrait la France sous son jour idéal, romantique, immaculé, presque sans défaut, est devenu un reflet un peu plus pâle, moins éclatant, du pays.

Pour une ville aussi orgueilleuse que Paris, on pouvait imaginer que cette perte d'éclat allait susciter un sursaut. Sursaut logique pour une ville habituée à jouer le rapport de force face à sa province – et à avoir largement le dessus. Mais aussi, réaction des Parisiens afin de préserver leur ville du déclin, avec l'idée de grandeur ou de majesté qu'ils s'en font. Pour échapper à la banalisation / normalisation, Paris est parfois entré dans une forme de surenchère, de radicalisation de ce qui a fait sa superbe. Surpris et presque vexés par cette manifestation de plus en plus claire de leurs propres failles, vulnérabilités, laideurs, les Parisiens ont eu comme première réaction celle d'un repli sur soi, sur les acquis et les certitudes de ce qui constitue encore une domination incontestée de Paris. De ce qui fait, aux yeux des Parisiens et de tous, la singularité de leur ville : l'Histoire et la beauté. Elle s'est autopersuadée que, pour garder la face, elle devait en remettre une couche, reprendre du champ sur la province en misant sur ses forces intactes.

Fait majeur : elle a fait le choix du luxe, du tourisme haut de gamme, et globalement le choix des riches. Paris est devenu, dans certains arrondissements historiques, un comptoir de conciergerie de haut standing. En 2011, le Paris Saint-Germain, club des Titis parisiens, qui vivotait depuis plusieurs années, largement dominé par les écuries lyonnaise, marseillaise ou bordelaise, entre dans l'ère Qatari pour retrouver sa splendeur des années 1990. Les Champs-Élysées deviennent peu à peu une avenue LVMH, avec des boutiques Louis Vuitton, Dior, TAG Heuer, Givenchy, Sephora, Tiffany qui quadrillent l'avenue de bas en haut ; tandis que la Samaritaine, le magasin populaire des Parisiens, est devenue un nouveau porte-étendard du groupe de luxe surtout fréquenté par les riches touristes étrangers – deux oriflammes, à la taille presque ridicule, de son hôtel palace le Cheval Blanc surplombent l'édifice, en lieu et place des drapeaux rouge et bleu (couleurs de Paris) historiques du grand magasin fondé en 1870. Si les arrondissements périphériques de la capitale se gentrifient, c'est moins par un goût spontané des Parisiens pour le XIIIe arrondissement que parce que le centre de Paris est devenu inaccessible à la majorité d'entre eux. Au moment de la réouverture de la Samaritaine, la mairie de Paris avait vanté l'attribution d'un des plus beaux appartements HLM de Paris, avec vue sur le Louvre, à une mère élevant seule ses trois enfants. Quelque temps plus tard, cette mère confiait au *Journal du dimanche* à quel point elle mesurait cette chance, mais aussi à quel point il était difficile de trouver une boulangerie abordable dans le quartier…

Et c'est là tout le paradoxe de cette logique de repli, d'amplification du largage, qu'a tentée Paris en ultime recours pour contrer la revanche de la province. Cette radicalisation, au lieu d'être comme prévu rassurante et salvatrice pour les Parisiens, se révèle mortifère. Elle exclut même les Parisiens de Paris, du moins de son centre historique. Ce qui devait être un rebond de fierté parisien dévitalise la capitale. Depuis dix ans, Paris se vide démographiquement chaque année. Mais c'est surtout sociologiquement que la ville devient une expérience toujours plus étroite : toujours plus aisée, uniforme socialement et politiquement, toujours plus possédée par de riches étrangers qui ne vivent pas vraiment dans leurs appartements. Tout un pan de Paris se transforme en un vaste musée, ou plutôt en un centre à la frontière de la galerie d'art et du grand magasin, en vue sur Instagram. Dans cette ville qui se rêve à l'allure parfaite, « intemporelle », l'expérience qu'ont les Français qui y sont de passage pour un week-end romantique ou même les Parisiens vivant dans d'autres quartiers moins chics de la capitale est désormais très peu éloignée de celle des touristes étrangers. En voulant cryogéniser, immortaliser sa beauté et son histoire pour continuer d'asseoir sa domination, Paris pourrait bien couper le souffle à l'origine de sa singularité. Un exemple : le faubourg Saint-Germain n'a sans doute jamais été aussi beau, aussi riche, aussi entretenu et ravalé qu'aujourd'hui depuis l'époque des salons de l'Ancien Régime. Pourtant, à se promener dans ses rues, entre l'Apple Store, la queue devant chez Pierre Hermé, les influenceuses avec leur Insta-boyfriend se faisant tirer le portrait au jardin du Luxembourg et la rangée de Mercedes Classe S devant Les Deux Magots, on est un peu déboussolés. Dans les faits, pour quelqu'un connaissant très bien le quartier, la magie opère encore – mais plus pour un

Parisien de passage, qui juge que le quartier historique des artistes est devenu celui d'un certain kitsch, d'un décor artificiel si ce n'est en toc.

Chaque Parisien le sent bien : le largage, après avoir été une trahison contre la province, est en train de devenir une trahison contre Paris lui-même. Cette radicalisation de son déracinement, de la séparation avec son territoire est une impasse. C'est la fausse bonne idée d'une ville blessée et qui pèche par orgueil. Pour demeurer belle, c'est sans doute le moment pour la capitale d'arrêter de se vivre comme la plus belle ville du monde. De troquer une version feinte, jouée de la grandeur pour autre chose. Fort heureusement, cette tendance existe déjà chez les Parisiens, et l'on en perçoit aussi les signaux faibles dans certaines initiatives prises dans la capitale. Et c'est peut-être en s'inspirant du style provincial que Paris pourrait trouver une autre voie de re-singularisation, trouver sa place, forcément spéciale, dans la reconfiguration du territoire français.

L'ÉLAN VERS PARIS, À NOUVEAU AUTHENTIQUE

Ce qui est frappant avec le *provincial way of life* tel qu'on l'a décrit dans un précédent chapitre et tel qu'il s'impose peu à peu comme alternative en France, c'est sa sincérité. Il n'est jamais caché, habillé, *fake*, jouant à quelque chose qu'il n'est pas. La province se raconte telle qu'elle est, sans imiter mais sans apitoyer non plus. Bref, elle est authentique. Et à vrai dire, quand elle cesse de l'être, cela se voit tout de suite et devient toujours un peu ridicule : de Lucien de Rubempré qui veut à tout prix devenir parisien à la famille Tuche qui veut adopter les mœurs monégasques, en passant par quelques surfeurs du pays Basque se rêvant californiens. Cette authenticité est le préalable impératif à la fierté dans la revanche de la province.

De même, il s'agit pour Paris de retrouver une forme d'authenticité, de caractère, qu'il a eue dans le passé, mais qu'il a perdue en partie. Paris est devenu une ville apprêtée, déguisée, pour ressembler à toutes les grandes villes mondiales, aux nouveaux codes esthétiques. Il a en quelque sorte cessé d'être ce qu'il est, au profit d'une vision plus ou moins fantasmée de ce qu'on attendait de lui. Et à cet égard, même s'il ne faut pas en faire l'unique matrice de décryptage, Paris a subi la continuation des stéréotypes de genre sur le plan urbanistique : la ville se doit en permanence d'être belle, féminine, mais aussi fine et raffinée. Bref, toujours sous son meilleur jour, comme si elle devait à tout moment, comme jadis, apparaître à la cour du roi. Ironie de l'histoire encore, le phénomène de cour qui avait déclenché la domination de Paris sur la province fait désormais de la capitale une ville prisonnière des règles qu'elle avait instituées. Pour bénéficier à son tour de la dynamique de revanche de la province, Paris doit oser se regarder, en entier, sans le filtre des réseaux sociaux ou des séries Netflix tournées à la Pyramide du Louvre ou dans le Quartier latin. Par-delà l'orgueil, c'est sans doute le moment d'apprendre une certaine sincérité, et donc aussi une certaine modestie. Celle-ci serait d'autant plus intéressante qu'elle serait la modestie d'une ville qui se sait – à raison – unique. D'une ville dont Winston Churchill n'aurait absolument pas pu dire, comme il l'a fait malicieusement à propos du Premier ministre Clement Attlee, qu'elle « est très modeste avec de très bonnes raisons de l'être » (sous-entendu : elle n'a pas les moyens de la grandeur). Sans sa parisianité, la grandeur parisienne s'écroule – quelle que soit la quantité de faste qu'on y ajoute.

Or, justement, les vingt dernières années ont aussi été celles de la (re)découverte par les Parisiens et le monde entier d'un Paris moins flamboyant. Que ce soit de gré ou de force, fuyant l'aseptisation des arrondissements centraux et leurs loyers exorbitants, les Parisiens (ou les provinciaux arrivant à Paris) se sont installés dans tous les arrondissements périphériques – repoussant d'ailleurs souvent en première couronne les populations qui s'y trouvaient auparavant. Il ne faut alors pas longtemps pour comprendre qu'on est sortis de la « plus belle ville du monde », de la capitale que Woody Allen filme romantiquement dans *Midnight in Paris* (2011). Les ministères dans les hôtels particuliers du boulevard Saint-Germain laissent place à l'imposant ministère de l'Économie du quai de Bercy dans le XIIe arrondissement. Les avenues bordées d'immeubles haussmanniens du VIIIe sont remplacées par des rues moins rectilignes, des immeubles moins réguliers, moins ravalés, moins beaux. Le chic du Montmartre tout droit sorti du pinceau de Renoir se convertit en une excursion au plus modeste et plus populaire marché d'Aligre. Pourtant, bon nombre de Parisiens ont tranché et se sont réfugiés dans ces quartiers. Ils ont choisi l'authenticité parisienne, au prix d'une moindre beauté objective ; ils l'ont préférée à la beauté exemplaire, chirurgicale, donc fictive.

Paris est ainsi en train de découvrir qu'il a aussi des racines. Mais je le précise tout de suite : il n'est pas question de donner une définition restrictive, figée dans l'espace et dans le temps, de cette authenticité parisienne. Tous les provinciaux ou les étrangers qui s'invitent, pour une année d'étude ou une vie, dans la capitale participent de cette authenticité : Paris est une ville singulière parce qu'elle reste la ville du monde qui compte le plus de nationalités différentes dans ses murs ! Le tourisme en constitue une autre part séduisante : ce qui est plus problématique, c'est quand Paris reprend les codes du tourisme mondialisé, standardisé, y compris dans le luxe, pour ne pas contrarier, et donc au fond ne pas surprendre, la clientèle étrangère. Or, il existe une façon parisienne d'être, de vivre et de recevoir.

Celle-ci passe par la découverte ou l'invention de terroirs parisiens, qui permettent d'alimenter des circuits courts entre Paris et la proche banlieue. Ils alimentent marchés et petites adresses souvent qualifiées de « bobos », mais ils pénètrent aussi désormais la grande gastronomie. Le restaurant Septime, rue de Charonne dans le XIe arrondissement, en fut le chef de file en obtenant une étoile Michelin pour son travail réalisé avec ces produits de la région parisienne. Inspiré, pour le nom du restaurant et pour sa vocation, par le personnage de Louis de Funès dans *Le Grand Restaurant* (1966), Bertrand Grébaut a pourtant décidé de fuir loin des Champs-Élysées et du pavillon Ledoyen (restaurant qui sert de décor au film), trop guindé pour qu'il y installe sa table – ce fut la première fois qu'un restaurant du XIe arrondissement obtînt une étoile Michelin.

Ce contraste entre un Paris exemplaire, bon élève, et l'autre Paris plus authentique et audacieux est frappant dans l'univers de la mode et de l'industrie du luxe. Paris reste la capitale mondiale incontestée et incontestable de la mode, que ce soit en nombre absolu de défilés, de maisons de renom, ou parce qu'elle est la seule ville du monde à accueillir les défilés haute couture. Mais deux visions de la beauté s'y affrontent. Les gardiennes du temple d'un Paris immuable, inchangé, rassurant, sont les maisons classiques. Dior continue avec une directrice artistique italienne et des défilés au palais Rodin. À l'opposé, Balenciaga fait le choix de sortir des codes. Son directeur artistique géorgien Demna Gvasalia fait débarquer le bizarre à Paris, et cela dans le Paris authentique des abattoirs de la Villette. Cette redéfinition du beau, forcément provocatrice, contribue à la réappropriation de leur propre ville par les Parisiens.

En entretenant un rapport à Paris un peu moins saturé par la beauté, ses habitants sont en train de se libérer du surpoids de la grandeur et de la domination sur la province. Chacun sait que la beauté s'abîme, se perd, change de définition : l'entretenir coûte que coûte, lorsqu'on a été la plus belle ville du monde, est forcément un fardeau, une source d'inquiétude. L'authenticité, au contraire, est une force qui se travaille dans la durée et qui, en assumant d'emblée ses faiblesses et ses laideurs, est beaucoup plus solide que la seule beauté. C'est même en s'autorisant à la moquer ou à en assumer la banalité parfois, qu'il existe une chance de redonner toute sa vigueur, toute sa singularité à Paris. Pour revitaliser la capitale et lui redonner une grandeur, il est urgent de la désacraliser. À cet égard, je crois sincèrement que Michel Houellebecq, qui brise, dans son dernier roman *Anéantir* (2022), un mythe esthétique parisien en qualifiant la Seine de « ruisseau minable », et laisse vivre ses personnages, comme lui-même, plutôt dans les hauts immeubles du XIIe ou du XIIIe arrondissement, en fait plus pour la grandeur à venir de Paris, qu'une ultime réhabilitation d'immeuble haussmannien en grand magasin ou immobilier de luxe. Ce même Michel Houellebecq qui, dans *Anéantir* encore, fait à l'inverse une description virgilienne et idyllique du Beaujolais.

2020-2030 : DÉCENNIE DÉCISIVE POUR PARIS

Attention lecteur, toutefois. Tout cela va se jouer à très peu de choses. Pour que l'authenticité prenne le pas sur la folie des grandeurs à Paris, les prochaines années seront décisives et la ligne d'équilibre sera, à coup sûr, difficile à tenir. En se branchant en direct sur la mondialisation, Paris s'est aussi exposé à ses risques. Et il faudra être vigilant dans les prochaines années quant à l'impact de ces facteurs extérieurs sur le choix de direction, de style, que feront les Parisiens. En novembre 2015, par exemple, c'est l'authenticité parisienne qui a été attaquée par Daesh au Bataclan et dans les rues du XIe arrondissement. Pas du tout un Paris de carte postale, touristique, historique. Tout au contraire, il s'agissait d'un Paris de cafés et de concerts, vivant, contemporain. Il n'y a pas eu de hasard dans le choix de ces cibles. Le commando terroriste visait Paris, justement pour son style de vie contemporain, plus encore que pour ses monuments reflets du passé : il en a donc attaqué les plus puissants symboles.

Comment faire en sorte, face à des chocs si puissants, de continuer sur le chemin de l'authenticité ? Là aussi, je crois qu'une grande partie des clés est entre les mains de la province et des provinciaux. Ce sont eux qui, en « montant à Paris » pour leurs études et en y restant en moyenne jusqu'à l'âge de quarante ans, vont continuer de renouveler et de reconstituer démographiquement les prochaines générations de Parisiens. Or, jusqu'à récemment, les provinciaux tombaient dans le piège de la cour, piège tendu depuis l'Ancien Régime. Prêts à tout pour parvenir à se faire parisiens, ils abandonnaient, cachaient, voire refoulaient tout signe de caractère, de culture ou accents provinciaux en arrivant à Paris. Et ce n'était pas forcément maladroit ou ridicule de leur part : de Julien Sorel à Emmanuel Macron, cette assimilation du talentueux provincial dans l'élite parisienne a écrit de belles pages de notre histoire littéraire, artistique ou politique – comme le font, plus généralement, les milliers de provinciaux s'installant à Paris pour leurs études ou un emploi. Et, de la même façon que le largage de la province n'est pas encore tout à fait fini, que sa revanche n'a pas encore atteint tous les territoires, de nombreux jeunes provinciaux perçoivent encore ce décalage qu'il conviendrait d'effacer en arrivant à Paris.

Mais la force motrice de la revanche de la province est justement sa fierté retrouvée. Le provincial arrive désormais à Paris décomplexé, modeste mais confiant, conforme à son originalité. Et il apporte depuis plusieurs années maintenant cette authenticité retrouvée, affirmée, à Paris, où les fiertés régionales s'affichent plus volontiers qu'il y a trente ans, où les bistrots aux spécialités des quatre coins du pays (y compris de l'Outre-mer) se sont largement multipliés au détriment des brasseries parisiennes. En quelque sorte, c'est la fierté provinciale maintenant vraiment assumée, décomplexée, qui est en train de redonner à Paris le souffle de son authenticité. La revanche de la province n'est donc pas une vengeance. Malgré le largage, les provinciaux ne nourrissent pas d'animosité ni d'esprit revanchard à l'égard de Paris. Un peu comme le feraient deux adversaires qui se respectent et se fascinent mutuellement, ce que la province dit à Paris, c'est plutôt : « à charge de revanche », pour reprendre le sens du mot qu'utilisait Montaigne dans les *Essais*. Montaigne, ce Bordelais qui a inventé avec les *Essais* le récit de soi sans apparat, cette forme d'authenticité à la française ; mais Montaigne qui donne aussi son nom à l'une des avenues les plus surjouées de la capitale, bordée d'hôtels et de boutiques de luxe. Il reviendra aux Parisiens de choisir entre ces deux visions de Montaigne.

CONCLUSION

L'enjeu de la revanche : une réconciliation française

Lancée depuis quelques années dans sa revanche, la province a reçu un coup de pouce de la pandémie, qui a provoqué une prise de conscience beaucoup plus nette non seulement de l'ampleur du largage par Paris, mais aussi de la solidité et de la résilience de la province depuis trente ans. La pandémie a été l'occasion d'un largage d'un genre nouveau : largage illimité d'argent public, dont la province a massivement profité dans le cadre du plan de relance. La pandémie a enfin été le révélateur d'un abandon des capacités industrielles françaises. Le goulot d'étranglement dans la livraison de masques, le navire *Ever Given* bloquant le canal de Suez et ainsi une bonne partie des flux de marchandises mondiaux, les pénuries de matières premières ou de semi-conducteurs en provenance de Chine ont mis Paris devant le fait accompli : le largage de la province est un échec, pour le pays et pour la capitale elle-même. La crise ukrainienne a encore accentué cette prise de conscience, en particulier sur le plan énergétique.

L'appel à la réindustrialisation qui a suivi est une opportunité majeure pour la province : celle-ci profite déjà de la croissance post-crise pour rouvrir massivement des usines.

On a eu rapidement tendance à considérer cette réindustrialisation comme un acquis, mais c'est oublier que ce vœu de réindustrialisation est loin d'avoir fait consensus ces trente dernières années. Nous sommes cette fois-ci, en 2022, à un carrefour qui fait se rencontrer des tendances territoriales profondes, et parfois encore balbutiantes, et une opportunité macroéconomique historique à l'issue de la pandémie. C'est une occasion à ne pas manquer, car elle ne va pas se représenter plusieurs fois dans l'histoire de la mondialisation, dont on ignore largement les prochains soubresauts. C'est le moment de conscientiser, d'accompagner et de souder le mouvement de réarticulation entre Paris et sa province, entre la province et sa capitale, afin d'en faire une force pour le pays.

Je ne dis pas du tout qu'il faut ainsi accentuer des mouvements, des politiques publiques d'aménagement du territoire qu'on croit, ou qu'on a crues, bonnes dans le passé. Nous devons jeter en particulier un regard très lucide sur la décentralisation à l'œuvre depuis les lois Defferre de 1982 : elle a globalement échoué par rapport à ses ambitions. Elle s'essouffle, elle est redondante. Si bien que son dernier avatar, introduit par le gouvernement de Jean Castex, porte le nom drolatique de loi « 4D », pour « différenciation, décentralisation, déconcentration, décomplexification ». Comme s'il fallait marteler l'idée pour que, par une sorte de magie de la méthode Coué, elle puisse enfin se réaliser. En vain. Le problème, c'est que l'idée même de décentralisation continue de porter l'erreur initiale : *dé*-centraliser n'est qu'une façon de faire marche arrière, mais sans vraiment cesser de se positionner par rapport au sentier historique de la centralité. Et en cela elle répète des erreurs que la France a produites sur d'autres sujets par le passé : la décolonisation au premier chef. Sans opérer de rapprochement particulier entre ces deux termes, si ce n'est celui de leur construction avec un préfixe de privation, « décolonisation » et « décentralisation » sont symptomatiques d'une attitude de victimisation, de culpabilité vis-à-vis de l'histoire territoriale française. Pourtant, aucune de ces deux politiques n'a traité au fond, de façon satisfaisante, les dynamiques d'inféodation auxquelles elles s'attaquaient. À cet égard, pour être un brin provocateur, je dirais même que la décentralisation a accentué le largage. En laissant à la province la gestion d'une partie (et pas la plus valorisante) de son administration, de son aménagement, la capitale a doublé la trahison économique d'un abandon politique. Ainsi, la mairie, le département ou la région seraient désormais les premiers responsables des coupes budgétaires dans les services publics ? de la dégradation de l'enseignement ? C'est comme si la décentralisation avait donné à la province la scie pour couper sa propre branche. De la même façon, la fin du cumul des mandats a produit l'effet opposé de celui qui était escompté. On espérait, en se plaçant sur un plan surtout moral, qu'elle contribuerait à un renouvellement de la vie politique et à une meilleure implication des élus dans leur mandat devenu unique. Mais c'était oublier que l'ajout d'un mandat local à celui de député, par exemple, a longtemps permis de maintenir le trait d'union entre Paris et la province. C'était aussi une posture dynamique, qui créait de la continuité territoriale. L'interdiction de ce cumul casse quelque chose dans l'unité du pays.

Plus encore, le désarroi provoqué par le divorce entre Paris et la province creuse le malheur français. L'abandon de la province par Paris a constitué une des puissantes dynamiques politiques qui irriguent la société française, et a produit le sentiment vif qu'il existe un pays avec deux destins. Désormais bien séparés, voire franchement divergents. L'un parisien, l'autre provincial. Historiquement, il existait en fait, dans le rapport Paris-province tel qu'il a très bien fonctionné par le passé, quelque chose de l'ordre d'une tension, d'une dynamique territoriale mise en mouvement par ce jeu constant entre une forme d'ambition provinciale et une atmosphère d'ironie parisienne. Cette dynamique faisait tout le charme des jeunes gens aspirant à faire carrière ou à renouveler la scène artistique parisienne en « montant à Paris ». Tension et réconciliation. Opposition et synthèse. Voilà les dynamiques que la trahison a brisées. Le malheur français, c'est aussi la disparition de cette tension dynamique qui fécondait et Paris et la province par leur rivalité même. Ainsi le bonheur français est-il sans doute le vrai enjeu de la revanche de la province. Car il y aurait du bonheur au terme de la définition de ce nouveau régime de l'enracinement territorial.

Sur le plan de l'organisation du pouvoir, il existe aussi un enjeu. La nécessité de stabiliser d'une nouvelle manière l'équation du couple Paris-province est une opportunité. La Ve République a indiscutablement permis de représenter l'unité entre Paris et la province à travers la figure d'un président de la République élu au suffrage universel direct. À certains égards, c'était renouer avec le point de départ du rapport Paris-province, scellé autour de l'absolutisation de la monarchie au XVIIe siècle. Tâche difficile, il revient au président de la République de réaliser sur sa fonction une synthèse entre la province et la capitale, matérialisant ainsi l'unité dynamique de la République. Cela a fonctionné avec De Gaulle, homme du Nord, régulièrement retiré à Colombey-les-Deux-Églises, et pourtant à jamais libérateur de Paris. Globalement, cet équilibre a continué à bien fonctionner jusqu'à la présidence de Jacques Chirac, qui aimait dire, à propos de la Corrèze, « mes racines plongent dans cette terre », avant de devenir le premier maire de Paris depuis la Commune. Tout s'est compliqué ensuite, pour des raisons qui ont certes à voir avec le style des trois Présidents qui ont suivi, mais surtout pour des raisons liées à l'ampleur du largage de la province par Paris. À ce propos, une reconnaissance de l'histoire récente, et du largage de la province dans la mondialisation, pourrait aider le président de la République à reformuler ce rôle du lien entre Paris et la province, source d'unité de la nation, qui est un mandat caché et extrêmement important de sa fonction. Avec Emmanuel Macron, la France avait élu en 2017 un Président jeune mais au fond assez vieux dans sa compréhension des rapports Paris-province : il appartenait à l'ultime génération balzacienne, faite de provinciaux qui « montent à Paris » avec l'ambition de s'y fondre puis de le conquérir. Emmanuel Macron, dans son premier quinquennat, fut peut-être l'ultime avatar d'un personnage politique qui a beaucoup compté pour le pays, mais qui a fait son temps. L'enjeu de son prochain quinquennat sera, à l'inverse, d'être la première incarnation de la nouvelle alliance entre Paris et la province.

Or, pour cela, il faudra l'association d'une extrême incarnation et d'une extrême dépersonnalisation du pouvoir. Autrement dit, c'est à mesure que l'on gomme la singularité du président ou de la présidente de la République, qu'on arrive à une forme de synthèse que De Gaulle appelait cette « certaine idée de la France ». C'était, selon Malraux, le génie de De Gaulle : réussir à faire coïncider son propre destin avec celui du pays tout entier. Et le fait est que, presque seul depuis Londres, il a représenté la France tout entière, et a été reçu comme tel par Churchill, Staline ou Adenauer. Cette synthèse et cette dépersonnalisation sont peut-être plus difficiles à opérer dans le monde des années 2020 avec l'intensité médiatique qu'on lui connaît. Emmanuel Macron l'a confessé lui-même en décembre 2021 : il a parfois été un peu trop Emmanuel Macron, et pas assez le président de la République. Mais, ce qui est sûr, c'est qu'aucune personnalité politique ne parviendra à réaliser cette synthèse avec un exercice de communication, une visite en province bien photographiée, ou la convocation d'un Conseil des ministres européen en région. Après trente ans de largage, il y a un urgent besoin d'authenticité. S'il y en a bien une qui n'est pas dupe de la communication, c'est la province.

Au terme de cet essai persiste une certitude : la distinction Paris-province demeurera, et c'est une chance pour la France. Simplement, cette distinction est entrée dans une redéfinition profonde. La classe politique doit se la réapproprier d'urgence, la comprendre en profondeur pour lui redonner son souffle. En effet, il y aurait pire pour la France que la trahison de la province par Paris, qui serait d'arriver à une forme d'horizontalisation, d'indifférenciation, et bientôt d'indifférence. La France est une nation dont l'identité profonde repose sur une altérité intime qui nous concerne tous. Ce pays nous en fait le don comme d'un merveilleux outil pour vivre toutes les attentes d'une vie. À l'échelle nationale, avant même la structuration du territoire entre Paris et la province à l'époque de la monarchie absolue, une division profonde existait. Le rapport Paris-province l'a organisée, structurée, canalisée : elle a fait du pays un édifice viable. Chacun sent que si nous préservons constamment ce potentiel de division, c'est aussi parce qu'il est la source de la fécondité française. Paradoxalement, cette altérité intime est une énergie pour la nation, pour la République, et pour chaque Français. Mais il faut savoir en faire quelque chose. Soit nous laissons cette altérité jouer contre le pays et altérer son unité, comme depuis trente ans avec le largage, et nous creusons alors le malheur français. Soit nous décidons de faire jouer cette altérité au service du pays, afin de la rendre à nouveau fertile. C'est sans doute là l'enjeu des prochaines décennies : la revanche est une chance.

Remerciements à Lucas Violon, jeune homme de Châtillon-d'Azergues, venu à Paris faire ses études : les conversations tenues ensemble à l'automne 2021 ont été le point de départ de cet essai.

À Sélim Hankaoui, exemple vivant de la normandité décrite par Léopold Sédar Senghor, qui m'a révélé en 2014 depuis la Californie que la province bat dans le cœur de tout Parisien.

Composition : Rosa Beaumont
Achevé d'imprimer
par l'Imprimerie Floch
à Mayenne, en août 2022.
Dépôt légal : août 2022.
Numéro d'imprimeur : 100808.
ISBN 978-2-07-299445-6 / Imprimé en France.

545713